南阳青年作家丛书

那一天，那一世

蒙蒙 著

中原出版传媒集团
大地传媒
大象出版社
·郑州·

图书在版编目(CIP)数据

那一天，那一世／蒙蒙著.— 郑州：大象出版社，
2016.2（2016.5 重印）
（南阳青年作家丛书）
ISBN 978-7-5347-8719-5

Ⅰ.①那… Ⅱ.①蒙… Ⅲ.①长篇小说—中国—当代
Ⅳ.①I247.5

中国版本图书馆 CIP 数据核字(2016)第 001270 号

南阳青年作家丛书
那一天，那一世
蒙　蒙　著

出 版 人　王刘纯
责任编辑　李亚楠
责任校对　裴红燕
装帧设计　付锬锬

出版发行　大象出版社(郑州市开元路 16 号　邮政编码 450044)
发行科　0371-63863551　总编室　0371-65597936
网　　址　www.daxiang.cn
印　　刷　洛阳和众印刷有限公司
经　　销　各地新华书店经销
开　　本　787mm×1092mm　1/16
印　　张　16.25
字　　数　199 千字
版　　次　2016 年 2 月第 1 版　2016 年 5 月第 2 次印刷
定　　价　29.00 元

若发现印、装质量问题，影响阅读，请与承印厂联系调换。
印厂地址　洛阳市高新区丰华路三号
邮政编码　471003　　电话　0379-64606268

总　序

南阳是国家历史文化名城，文化底蕴厚重，文化资源丰富，文化名人辈出。理清南阳文化发展的脉络，才能更好地探寻南阳文化发展的道路与方向。通过这几年对南阳的了解与感受，我认为文化是南阳最突出的城市符号，是南阳未来发展的宝贵资源。

南阳是汉文化的昌盛之地，其标志性无可取代。早在战国时期，南阳就是全国的冶铁中心，农业、手工业都十分发达。西汉时，南阳"商遍天下，富冠海内"，为全国五大都市之一。东汉时，光武帝刘秀发迹于此，故南阳有"南都""帝乡"之称。经济的繁荣有力地推动了文化艺术的发展和昌盛。两汉、三国时期南阳名人荟萃：张衡的科学成就举世称誉，因而他被列为"世界十大文化名人"之一；以医圣张仲景为代表的汉代医药文化是中华民族乃至世界医药文化宝库中的瑰宝；足智多谋的军事家诸葛亮成为人类智慧的化身。南阳的文学、乐舞、绘画、雕刻等艺术门类异彩纷呈，各领风骚，在整个汉代文化艺术中占据着举足轻重的地位。特别是最能反映汉代艺术水平的南阳汉画像石和汉画像砖，朴素而不单调，豪放而不粗疏，被世人称为"东方艺术宝库"。

南阳是河洛文化、荆楚文化和秦巴文化的荟萃之地，其多样性特色鲜明。南阳文化既有河洛文化的典重质实，又有荆楚文化的清奇灵巧，还有秦巴文化的苍凉豪放。这是南阳自古以来优越的自然环境、发达的水陆交通和良好的社会经济环境决定的。南阳境内河流纵横，山川秀丽，是长江、黄河、淮河三大水系的分水岭和南北气候的分界线。从春秋战国时期起，南阳郡为秦、楚等国与中原各国的交通枢纽，由关中向江淮此乃孔道，由伊洛向荆襄此乃要冲，既是南北交通的咽喉，又是西北通往东南的必由之路。发达的水陆交通和优越的自然环境不仅为南阳的经济繁荣提供了得天独厚的条件，更为河洛文化、荆楚文化和秦巴文化在这里的交融与发展奠定了基础。

南阳是文脉相承的兴旺之地，其稳定性十分罕见。得益于优越的自然环境和区位优势，并且较少受到战争的影响，自古以来南阳文化都十分发达，兼容并包，千姿百态。兴旺的文脉如长河奔流滔滔不息，从未中断。自两千多年前到现在，南阳可谓“江山代有才人出，各领风骚数百年”。以科圣张衡、医圣张仲景、商圣范蠡、智圣诸葛亮这“四圣”为代表的历史文化名人灿若群星；“二十四史”里有记载的南阳历史文化名人超过 800 人。到了现当代，南阳名人仍然层出不穷。目前，仅南阳籍两院院士就有 19 人，占河南籍两院院士的三分之一。另外，还有以姚雪垠、二月河等为代表的南阳作家群等。

先辈留下的丰厚文化资源为我们开展文化建设提供了得天独厚的有利条件。我们要在传承和保护南阳厚重文化的基础上更好地创新与发展，充分发挥文化引领风尚、教育人民、服务社会、推动发展的作用，使文化成为实现南阳跨越式发展的新动力，成为南阳城市发展的终极竞争力，这是我们共同的历史使命。人类前行到今天，“文化是根，文化是魂”的共识更有力地彰显出文化本来应有的鲜明印记。如果说文化是人类改造客观世界过程中创造的精神成果的总和，那么，一个国家对民族精神的塑造肯定是文而化之的结果。在这个过程中，文学无疑充当着十分重要的角色。它不仅是民族精神最形象、最直接、最生动的体现，而且也考量着人类社会发展的文明程度。毫无疑问，南阳作家群在南阳文化建设方面发挥着积极的推动作用。南阳现有国家级作协会员 30 人、省级作协会员 340 人、市级作协会员 450 人，其中在全国知名或有相当影响的就有十数人。南阳作家群以整齐的阵容、众多的人数、独特的作品在中国当代文坛筑起一道亮丽的风景线，不仅成为文学豫军的重要力量，而且在中国文坛具有相当大的影响，是南阳当之无愧的文化名片和南阳人的骄傲，堪称南阳文化建设的一面旗帜。

近年来，南阳市委、市政府高度重视并支持南阳作家群的发展。为建设人才队伍，培养文学新人，南阳成立了文学院，加强了《躬耕》杂志、《南阳日报·白河副刊》等文学阵地的建设，为南阳的文学创作营造了良好的环境。全市广大作家坚持以人民为中心的创作导向，深入生活，扎根群众，创作了一批精品力作。这次我们从南阳老中青三代作家中遴选出 35 位代表，将其优秀作品以“南阳青年作家丛书”和“南阳作家自选集”两套丛书的形式结集出版，这是南阳文学发展史上空前的举措，旨在助推南阳文学创作，全面系统地展示南阳当代作家的整体实力，为南阳转型跨越、绿色崛起提供强大的精神动力和文化支撑。希望这种助推能够成为南阳作家投身文学创作的新动力，期盼各位作家在个性化的文学创作中获得更大的成功。

中共南阳市委常委、宣传部长　王新会

2015年11月19日

目　录

第一章　少年

我躺在一个白衣女子的怀里

这个漂亮的女人,她现在抱着我。

她用发颤的声音,动情地说:“我终于找到你了,你就是我的男人。”

女人很美丽,低头的瞬间,一头长发如瀑布般倾泻而下。她静静地看着我,眼睛很大,瞳仁乌黑发亮,如缀在夜幕上的星辰。她穿着一件白色的裙子,蓬松得如同鸟的羽毛,袖口里露半截白藕一样的胳膊。她伸出手,用一个指头,在我的左眼皮上轻轻画了一个圈,又在我的右眼皮上轻轻画了一个圈,柔声说:“是上天把你带给了我。”

耳边响起长长的汽笛声,一队巡警呼啸而过,哈德门香烟散落一地,小女孩坐在地上哭,一辆浑身锃亮的黑色轿车开了过来。车头的两边,各插着一面蓝色的猎猎作响的旗子,旗子的后面,各站着一个黑绸短衣、头戴礼帽的男人,用手将腰间的盒子枪套拍得啪啪作响,嘴里不停地吆喝着。车经过我们身边时,坐在车里的叼着粗大雪茄的男人和穿着旗袍的妖艳女人都扭头看着我们。但是女人旁若无人地继续抱着我,用只有我一个人能听到的音量嘟囔着:“我们走吧!”

太阳很温暖,我们无声无息地从一块草坪上走过。草坪的另一头是一座巍峨的教堂，有十几个人正从教堂门口蜂拥而出。被人们簇拥在中间的，是一对年轻的男女，男人穿着笔挺的黄呢军装，女人穿着一件曳地的长裙。男人的笑像朱古力，女人的笑像奶油，总之，都是甜的。抱我的女人用目光扫了那两个人一下，轻声对我说："以后，我们也会有这样甜的笑。"

这是秋天，路边法国梧桐的叶子呈金黄色，在天空中尽情地舞着。天上只有一朵白云，始终悄无声息地跟着我们走，我们快时它也快，我们慢时它也慢。天空很蓝，有了它的映衬，云显得更白，白得像抱我的女人的裙子。

她抱着我，我们穿过一道高大的拱门，又从一条曲曲折折的廊道里穿过，廊道的两边挂满了红色的幔布，一直垂到地上，长廊窄窄的，那些幔布从抱我的女人身上拂过，发出沙沙的声音。走到长廊的尽头，抱我的女人一拐弯，又走上另一道长廊，这道长廊的两边挂的是蓝色的布，极纯的蓝，这些幔布擦过抱我的女人的肩膀，发出哗哗的声音。就这样，我先后穿过六道长廊，余下的三道长廊两边分别挂着白色的、黄色的、蓝色的布，最后一道长廊上的布是粉色的，极艳的粉，和前面不同的是，它很轻，在风中荡来荡去。女人不想让风吹在我的脸上，用一块薄纱盖住了我的脸。

耳边响起悠悠的歌声：

要酿年酒需一年，
年酒名叫甘露甜。
酿一月的是月酒，
月酒名叫甘露寒。
酿一天的是日酒，
日酒就叫甘露旋。
……

白衣女人抱着我走进大厅。大厅又高又大，金色穹顶，没有任何陈设，显得空旷无比。地面四周是四五级汉白玉的台阶，台阶中央铺着各色薄雾一般的轻纱，一起一伏，像水波荡漾。

大厅尽头的左右两边，各走出一男一女。左边的两个，是身材修长的男子被一绿衣女子挽着，穿在女子身上的绿裙风摇柳摆，既像是一块柔滑的布，又像是由一片片绿叶缀成的，绿油油的，飒飒作响，有几片上面甚至挂着露水，晶莹欲滴。右边的两个，是身材魁梧的男子被一蓝衣女子挽着，蓝裙在女子身上摇曳生姿，波光粼粼，裙裾间隐约有红鳞大尾的金鱼在缓缓游动。

看到白衣女人，绿衣女子和蓝衣女子面露欣喜之色，丢开她们各自挽着的臂膀，奔跑着过来，手拉着手，把白衣女人围在中央，欢快地转了好几圈。

这期间，身材修长的男子和身材魁梧的男子都安静地各站一角，互不交谈，只是微笑地看着先前挽着自己的女子。直到女人们疯完、闹完、嬉笑完，向他们招手，他们才款款地走上前去。

介绍完这两个男子，绿衣女子和蓝衣女子问抱我的女人："你的男人呢？"

"嘘！"抱我的女人压低了声音，"轻点声，他可能正睡着。"说完，她探手入怀，轻轻地打开包着我的襁褓。

我醒着，对着十道投过来的目光，我笑了，我的笑来自肉体深处，半透明状的皮肤难以遮挡。然后，我蹬了蹬肉乎乎的双腿，小嘴张开，吐出了粉色的舌头，算是跟他们打招呼。

我躺在一个白衣女人的怀里，这个女人说："他就是我的男人。"

白衣女人的脸飘浮在乳娘对面

我一出生，就失踪了三天。文章的开头，也许就是那三天里发生的事情。只能是也许，对一个婴儿眼睛的可靠性不能有过高的指望。当我长到促使自己用笔来记叙那件事的年龄时，我自己对此已是毫不自信了。比如那个建筑，毋庸置疑，就算它尚且留在我脑海中，最多也只能像一幅印象派的油画一样模糊。有一天，在我写出它后，我就惊异地发现，它和我曾经在网上看到过的色彩浓艳的杨二车娜姆的家是那样的相似。

我出生在外公所在的城市，我的外公是如何从关外移居这里的，有许多传说。有人说，他的祖先是元代时为从政而移居内地的；有人说，他的祖先是清康熙年间因皇帝听信谗言而被下令“解送”到内地的；有人说，他的先人是清乾隆年间因战乱被迫迁移到内地的。总之，不管是怎么样的一种情况，结局都是一样的，因时局变迁，外公一家辗转移居到目前这个城市。

具体地说，我出生在这个城市的一家法国租界的医院里，医院里什么都是洁白的，只有来来往往的护士，全身披着黑色的袍子，头也用黑布罩着，只留下两只黑色的眼睛。按乳娘的理解，我一出生就瞪大了眼睛，惊诧于自己怎么会选择了这样一个战乱的年代，这样的父亲、母亲。我的父亲是乡下破落户子弟，而我的母亲却是贵族娇小姐，很难想象这两个人是如何走到一起的。乳娘的讲述中，故事是这样的：我的母亲因爱情而疯狂，做出大逆不道的事情，令我的外公大为震怒。就在母亲逃出这个家庭的第二天，外公烧掉了关于母亲的所有东西，并且命令这个家里的所有人都不许再提起这个人。为外公家服务了30多年的老管家，就是由于出口不慎，而被外公赶回了乡下。父亲、母亲这对鸳鸯，自以为已经销声匿迹。就在母亲怀上我一个多月的时候，外公的人已经找到了她，只是因为外公的指示，他们按兵不动。等我在母亲腹中长到8个多月，即将瓜熟蒂落时，外公的人才如神兵天降，掳走了母亲，径直把她送进了法国租界的医院。于是，我出生了，然后在产房里哇哇大哭。按乳娘的理解，我是不认同这一对母亲父亲，不认同这个世界，嚷嚷着要回到所来的地方。

就在母亲产下我的第二天，外公就派人通知母亲离开，任凭她怎么哀求怎么哭喊，外公的人还是带走了她。这就是外公的目的，外公只要我，他只想留下我。

这些都是乳娘偷偷告诉我的，在这个家庭里，谈论这些事情，是要承担比较大的风险的。乳娘的眼睛很大，当她惊觉起来的时候，就更大。乳娘向我谈起我出生时的情景时，三番五次下意识地瞪起她又黑又大的眼睛四周张望一下，就像一头惊恐的麋鹿。

但是讲完后，她又告诉我，所讲的一切，并非她的亲历，而是当时在产房值班的另一个老女佣偷偷告诉她的。乳娘说，女人嘛，越是被禁止谈论的事情，越是憋不住。

而乳娘真正进入我们这个世界，是在我母亲被赶走的第二天。母亲被赶走后，我就大哭不止，于是外公的人去乡下把她找来。在我出生前一个月，乳娘已被选中。乳娘说，那时她自己的孩子已经满月，整整一个月充足的奶水，让那个孩子心满意足。如果不是外公的人定时送去大量的肥猪、肥鸡，她那两个奶子不会养得又白又大，像两个刚出锅的细麦面馒头，也不会有那样充足的奶水。但这充足的奶水也让乳娘尴尬不已，往城里赶的时间里，在外公的人的汽车上，她的两只乳房左晃右荡、上蹿下跳，极不安分，并且涨得厉害。还没到城门，她已经发现前襟洇湿了两大片，她红着脸，把手中的竹篮挡在胸前，躲避着外公的人仿佛不经意中扫过来的目光。

“到了医院，一切就好了。”乳娘说。事情果然是这样。当我把像章鱼吸盘一样的小嘴吸在她的乳头上，她的焦躁不安消失了。乳娘畅然地长吁了一口气，对我说：“吸吧，吸吧，这些东西本来就是你的，只是让我自己的孩子白白沾了一个月的光。”

我是第二天失踪的，中午时分，两个老女佣一个坐在床边、一个坐在椅子上昏昏欲睡，乳娘抱着我在房间里来回踱着步，正是“秋老虎”逞凶的时间，乳娘只穿着一件单衫，但是身上还是一阵阵燥热。于是，她抱着我走出了房间。外面的走廊光线暗淡，空寂无人。乳娘抱着我慢慢向走廊的尽头走去，她感到一丝丝穿堂风若有若无地从身边滑过。在走廊的尽头，乳娘看到了通向地下室的楼梯，就不由自主地迈了下去。楼梯幽暗深邃，刚走出一步，乳娘就感到从脚下升起一股阴凉，沁入了她的每一个毛孔。也许是午间的倦意，让她有了一种飘浮的感觉。乳娘慢慢走着，恍惚中，她感到，我的小身子在怀里缓缓地蠕动，嘴里叼着一个乳头，轻轻地吮着，一只小手则不老实地伸过去，握着她的另一个乳头。

后来，乳娘似乎感到，我放在她另一个乳房上的小手，在她乳头上抚弄起来，让她有些痒酥酥的。于是，她不由得把目光投向那里。猛地，她浑身一抖。这哪里是婴儿的小手？分明是一只毛茸茸的男人的大手！

乳娘毛骨悚然，大张着嘴，我的小身子忽然像涂满黏液的鳝鱼，从她手中滑脱而出。

“当心！”乳娘的耳边响起一个娇嫩的声音，同时，一道白影从她身前掠过。乳娘稳住身子,定睛一看,一位身着白裙的年轻女子站在对面。从乳娘手中滑脱的我,稳稳当当地躺在她的怀中。乳娘惊魂甫定,回头四望,周围再无一人,哪里有什么男人。

“你要找的东西,在我这里。”女人用一种好似指尖从丝绸上滑过的声音对乳娘说。乳娘从来没有见过这样漂亮的女人。

她一双大眼睛盯着乳娘。乳娘惶惑地问:“我要找的,在哪里?”

白衣女人的脸飘浮在乳娘对面,说:“它在我的眼睛里。”

乳娘说,她的眼睛很大很美。乳娘向那里望去,果然看到了。那是眼前景象的复制,白衣女人怀抱着婴儿。乳娘说,不同的是背景,一忽儿是蓝天白云,一忽儿是棕榈海岸,一忽儿是金色宫殿,一忽儿是朗空月下。乳娘认为每一幅都是天底下最温馨的图景。于是乳娘呆了。

后来,那个女人淡淡地说:“他是我的。”

乳娘呆呆地、心甘情愿地说:“是你的。”

她冲乳娘淡淡一笑:“那,我要带走他,行吗?”

乳娘鬼使神差般地点了点头,闪开了身子,眼睁睁地看着女人飘然离去。不知过了多长时间,直到陆虎赶到,使劲推搡她,才让她从恍恍惚惚的状态中摆脱出来。

乳娘说:第一个赶到的陆虎,也就是前几天奉命去乡下接乳娘的人,那个外公的人。

出了这么大的事,把乳娘和那两个老女佣吓坏了。被带到外公的房间后,两个老女佣就把乳娘往前面推,但乳娘一进门就不由自主地瘫在地上,头也不敢抬,只是不停地哭泣,一句话也说不出来。无奈,两个老女佣一递一句向外公哭诉。在这个过程中,乳娘稍平静了些,她微微抬起头,偷望前面一眼,看到了一位满头银发的老人坐在太师椅上,一动不动,眼皮半开半合地下垂着,双手捧着一把亮闪闪的铜质水烟管。外公的不动声色,让三个女人心里没底。随着时间的流逝,她们的哭诉越来越凌乱,越来越没了章法。她们伏在地上,支棱着耳朵,等候随时而来的发落。后来,外公的嘴里发出“哦”的一声,抽泣声立刻从三个女人嘴里戛然而止,三个大张的嘴忘记合拢,就连旁边摇扇的丫头,手也停在了半空中,空气仿佛凝固。半晌,外公才又回魂返阳般“哦”了一声,慢悠悠地问:“奶水,还充足吗?”

一个老女佣用手指戳戳乳娘的后背,乳娘才如梦初醒,并且意识到外公是在问自己话,连忙答道:“够的,够的。”

外公听罢又“哦”了一声,然后摆了摆手,示意她们离开。

回到了佣人的房间,两个老女佣要乳娘撩起上衣,捧起两个又大又白的奶子左瞧右看,果然,她们在那里看到两个淡淡的紫痕,像男人的手指那么大。那两个老女佣如释重负,依照她们的经验,她们认为老太爷已经确定了抱走孩子的女人是谁,只是因为众所周知的原因,不便指名道姓,因而老太爷是胸有成竹的。她们劝慰初来乍到的乳娘,眼下首要的任务,是一心一意地保养好自己的两个宝贝儿。老女佣对它们继续发挥作用表现出了极大的信心:“等着吧,不出三天,它们又可以派上用场了。”

果然,三天以后的早晨,外公家的佣人在门口的台阶上发现了我。佣人抱起我飞快地跑进去,一直跑到了内院。

不一会儿,外公被人簇拥着走了出来。他走过来,伸出像枯藤一样的手,在我的脸上摸了一下,但是那手立即就缩了回去。

“我不喜欢他。”我的外公迅速离开了我,语气干涩地说,“这个孩子眼里有一种邪恶。”

“这孩子挺漂亮呀!”说话的是外公身边的女人,这个女人身穿红色旗袍,上面露着白白的胳膊,下面露着白白的大腿。她把细长的手指伸过来,在我鼻子上逗弄着。她的手指上留着尖而长的指甲,碰在我脸上很不舒服,我立即用哭来抗议。

外公把她的手从我脸上拿开,坚决地说:“相信我的眼睛,我不会看错的,他将来最少有十年时间,是在牢狱中度过的。”

杨小姐忽然打了个哆嗦

那天的事情，并没有到此为止，摸我脸的女人，是外公家的常客。我学会说话后，乳娘让我喊她杨小姐。也有人叫她医生，或医生小姐。杨小姐的职业是医生，在西洋留过学，后来有一次乳娘悄悄告诉我，女佣们私下传说，杨小姐曾经做过夜总会的舞小姐，在“夜上海，夜上海，你是个不夜城”的夜夜笙歌中，伴着客人翩翩起舞。每天早晨，杨小姐坐着洋车来到外公家，直到傍晚时分才会离开。洋车是长包的，为她拉车的是个小伙子，拉起车来脚下生风。洋医生小姐坐在洋车上，总是喜欢打一把小阳伞，还喜欢跷着腿，白生生的大腿露出大半截儿，招来街上很多人的目光。到了外公家门口，车停下，杨小姐收拢腿，合拢小阳伞，有意无意地用小阳伞的柄儿碰一下车夫的脊梁。车夫常穿一件白色褡裢，肌肉发达的胳膊上闪着光。杨小姐抬腿下车，进了外公家。车夫就把车往路边树下一放，躺在里面等，很少揽零活儿。

那天，就在外公抓住杨小姐的手，把它从我脸上拿开，如巫师说谶一般断言我的未来之时，乳娘偶一抬头，看到房梁上站着一只浑身洁白的鹭鸟儿，正唯美地盯着下面。乳娘还没来得及惊叫出来，那鸟儿已经扑棱棱飞下来，落在外公的手背上。外公一缩手，飞起一脚，鹭鸟凌空一翻,躲开外公的脚。外公身旁的陆虎冲出去,拔枪一射,鹭鸟厉啸一声,向上直冲而去,对面一根树枝应声折断。

外公抬起手背,那里被鹭鸟抓了一道血痕。不知为什么,外公把这场虚惊迁怒于我,他朝乳娘挥挥手,烦躁地说:“快把他给我抱走,果然是个不祥的孩子。”

杨小姐叫人拿来她的医疗器具,给外公消毒包扎。她不相信外公的断言,娇滴滴地说:“干爹,你可真有意思,这么小的婴儿,他哪里就不祥了?”杨小姐称我外公为干爹。

外公被杨小姐这样娇滴滴地一叫,心情大好,笑吟吟地说:“我可以跟你打这个赌。你抱着他,不出一袋烟的工夫,你会感到后脊梁发冷。”

“干爹,你越说越玄了。”她走过去,从乳娘手中要过我,“我就不信。”

“你会相信的。”外公挺起腰,接过手下人递过来的水烟管,吸了一口,很随意地问道,“你晚上也可以住这里的,这么多房,你住哪一间随便你,我叫她们给你收拾干净。你为什么总是不同意?”

“干爹,我告诉过你了,我住自己的公寓,习惯。”杨小姐摇着怀中的我,笑着对我外公说。

“习惯。”外公嘟囔着重复一遍杨小姐的话,就只对着杨小姐微笑,不再说话。

这时,有人来通报,巡捕房刘探长来访。

不一会儿,刘探长带着一个“包打听”匆匆走了进来,边走边喊:“听说少爷找到了,我赶来道喜。”

外公叫人给刘探长端茶,似笑非笑地说:“刘探长真是军人风范,行动神速,这几天,孩子的事让你多有辛苦。”

“惭愧。少爷的事,经我们几天来全力追侦,本已有七八分眉目。”刘探长冷哼一声,“绑匪慑于法律威严,及时悬崖勒马,算他们聪明。”

外公仿佛有些诧异,疑问似的"哦"了一声。

刘探长若有所思地说:"我们怀疑,绑匪是以人力车夫身份做掩护,做不法勾当。"

"人力车夫?"杨小姐柳眉一挑,露出一丝惊诧的样子。

刘探长皱着眉,点点头说:"我们对疑犯进行了全天候的跟踪,发现他果然可疑。昨天晚上他把车交回车行,饭也不吃,却去商店买了一瓶酒。一个车夫,买那个昂贵的酒,可不可疑?然后,他又去了一处高级公寓,一个车夫,晚上去高级公寓,可不可疑?他上了楼,敲开门,走了进去。据我们了解,那间公寓里住着一位高等职业的单身女子。夜里9点,房间的窗帘拉上。10点半,房间熄了灯。凌晨1点,车夫从公寓走出来。1点35分,车夫回到车行。"

刘探长喝了一口茶,继续说:"事情并不是绑架孩子那样简单,我怀疑,那个车夫是个江洋大盗。"

"哈哈哈!"外公大声笑起来,笑得须发皆颤,"刘探长,你可真会说笑话。一个车夫?我绝不相信,这一次,你别又是随便拿个无辜者来顶缸吧?"

半天不说话的杨小姐忽然打了个哆嗦,她忙把我还给乳娘,小声嘟囔着:"唏!快把他抱走,这个孩子太可怕了,我真的感到后脊梁发冷。"

一个爪子在门板上挠来挠去

也许,外公是对的,自从有了我,外公家就接二连三发生怪事情。

但我确实不知道,外公对我的成见因何而来。他让我和乳娘住在后院的一幢孤楼里,那里原来是外婆居住的。老女佣说,外婆有五六年时间都把自己禁闭在这幢孤楼内,直到最后在那里去世。外婆去世没几天,曾经侍候她的老女佣也搬了出来。那幢楼从此就无人居住,长年上着锁。但据那老女佣说,就在我出生的前一天晚上,老女佣正在房间里睡觉,忽然听到外婆在喊自己,她连忙爬起来往那里赶,在奔跑的过程中,她甚至看到那幢楼里有灯光,直到她跑到跟前,一推门,那灯光才忽然熄了,楼内漆黑一片。老女佣这才想起,老太太过世已经有三年了。老女佣年纪大了,有点老糊涂了,但她自己却绝不承认那是幻觉。我和乳娘来了以后,女佣们一齐动手把那幢楼上下打扫一遍,但里面的陈设谁也没敢动。我和乳娘就睡在原来外婆睡的床上。乳娘也没有那么大的胆子,敢动老太太生前的东西。就这样,在我长到具有观察事物能力的年龄时,看到的房间还是外婆当年居住时的原貌。有一天,我注意到了墙上的一幅画,那里面画的竟然就是我们睡的这张床,在床沿上,慵懒地斜倚着一位身着旗装的女子,她双手托着腮，脸正对着看画的人，目光里满是幽怨。我怀疑，这幅画里的人，就是我的外婆。这个房间深邃幽暗，经常飘荡着一股淡淡的苦艾气味，老女佣说，这可能是当年外婆长期在房间里燃香烟，气味渗进房间的柱里、梁里、椽里，还有每一道墙壁缝里的缘故。有时，雨天的黄昏，房间里的味道会更加浓烈，我仿佛看到外婆在离我不远处坐着。当我把这个景象告诉乳娘时，她吓坏了。

听老女佣说，那里正是当年外婆常坐的地方。外婆把自己锁在屋里，从早到晚独坐在黑暗中。确实，我们屋子的门背后有一条大铁链，它是用来锁门的。只要插上链子，外面的人是休想进来的，这是当年外婆为了禁闭自己和拒绝别人，请工匠特制的。我发现，乳娘也喜欢使用这条链子，每天晚上上门后，总是忘不了把它挂上。

那年我六岁，一天晚上，狂风大作，房门被风吹得咔咔作响，我蜷在乳娘的怀里，嘴里叼着一个乳头，手里攥着另一个，渐渐进入梦乡。睡着睡着，我似乎感到风声小了，接着又下雨了，那雨声绵绵而悠长，像是一个人在院子里走来走去，又像是一个爪子在门板上挠来挠去。迷迷糊糊中，我似乎听到一个声音："开……门……吧……"那声音没有抑扬顿挫，若有若无，仿佛从门缝里透进来，又仿佛来自我的梦中。我往乳娘怀里偎了偎，咂咂嘴，慢慢又进入梦乡。不知过了多长时间，那个声音又把我从梦中拽了出来："开……门……吧……"然后，那个声音再一次消失得无影无踪。又不知过了多长时间，那声音又荡荡悠悠地飘过来："我……要……死……了。"这一次我认为自己没有听错，那声音不男不女，像是从嗓子眼儿里挤出来的。

我终于忍不住，附在乳娘耳边问："你听到了吗？有一个声音。"

乳娘忽然像触电一样，身子一抖，原来她没有睡着。但她好像特别恐惧，哆哆嗦嗦说不出话来。过了半天，她才战战兢兢地带着哭腔说："我，我，也听到了。"我感到她身子缩成一团儿。

这以后，外面那个声音再没有响起，雨声一会儿弱、一会儿强，既像一个人的脚步声，又像一个爪子在门上挠。

天蒙蒙亮，乳娘窸窸窣窣穿衣下床，去把房门打开。门外的地上很干燥，不像是夜里下过雨的样子。于是，我又怀疑昨晚的一切都是梦了。接着，我听到了乳娘在门外惊恐的叫声，她趺趺撞撞地跑进来："它……真的……死了。"

"谁死了？"我闻声跑出去，只见门外有一只黑猫的尸体，眼睛睁得老大老大。原来，昨天晚上，是这只猫在院里走来走去，用爪子在门上挠，都是真的。并且，它用人类的语言说"开……门……吧……""我……要……死……了"，这也是真的。我曾经见过很多猫，甚至曾经恶狠狠地踢过不下十只猫。但它们从来都是"喵喵"地惨叫，不肯对我说一句话。猫竟然可以和人类一样说话，这是一个重大发现，但它们总是闭口不言，却更可怕。它们隐藏得如此之深，肯定居心叵测，让人一想，也会不寒而栗。我想，我以后再也不敢欺负猫这种动物了。

"这只猫，多么漂亮。"乳娘身子颤抖着，再一次慢慢靠近猫，弯下腰，痴呆呆地盯着猫看。注视良久，她又叹息道："尤其眼睛，真是美丽。"她伸出手，反复抚摸着那猫的眼睑，想把它们合上，但她的努力却一次又一次失败。那猫的眼睛确实美丽非常，它的迷离、清澈、哀怨和高傲，令观者心神荡漾而无法自持。恐惧和忧伤的情绪，让乳娘有点歇斯底里："这样一条小性命，说没就没了。"

晚上，我看到了一些柔软而茂盛的植物，它们都呈金黄色，一棵挨一棵，非常密集，几千棵构成一大块黄金色块，几千大块黄金色块又构成了无边无垠的土地。我看到一个人跑进了这块土地，跑过的地方，植物纷纷被踏倒，在他身后构成一条细长的尾线。我看清了那个跑着的人，他面目狰狞，胡子拉碴。这个人似哭似笑地咧了一下嘴，身子猛地向前扑倒。他向前爬着，一直爬到一条小溪旁，头伸过去贪婪地喝水。喝饱后，他翻身仰躺下来，一条腿伸直着，从裤管里渗出的血流进一个蚂蚁洞里。接着，我看到了许多人，排着整整齐齐的队伍，端着长枪向这边搜寻而来。在他们身后倒下的黄色植物,构成了一个方方正正的几何图形。他们没有发现躺在地上的人,整整齐齐地从他身边走了过去。

刚走出五六米,其中一人忽然回过头叫一声:“罪犯!”

“啊!”我答应了一声。我发现,开口答应的人,不是梦中那个,而是我自己。

小狗事件和猫事件如出一辙

猫的事件对乳娘心理造成很大的阴影，此后的一段时间里，她经常向我提起那只美丽的猫，每次都抑制不住地激动。大约一年后，乳娘的记忆才淡了。但一年后，又发生了一起小狗的事件。

小狗事件和猫事件如出一辙。同样是在深夜，门板咔咔地响了一夜，沙沙的脚步声或爪子挠门板的声音也响了一夜。我又一次隐约听到那个没有抑扬顿挫、不男不女、像是从嗓子眼儿里挤出来的，仿佛从门缝里透进来又仿佛来自梦中的声音："开……门……吧……""开……门……吧……""我……要……死……了"。

我感到乳娘整个晚上都在紧紧地抱着我，好几次，我想张嘴说话，她都用手堵住我的嘴，后来又把乳房堵在我的嘴上，更加紧紧地抱着我。而她一晚上都不能平静，自己一会儿抽泣，一会儿叹息，一会儿还反复地喃喃自语："为什么？为什么？"好不容易挨到了天亮，乳娘去了门外。乳娘出去后，长时间没有回来，等我出门去找她时，看到她瘫坐在地上，她对面有一只小狗的尸体。

当时，我也有些害怕了，赶紧叫来陆金牙。上次猫尸体的处理，我也是让陆金牙去做的，陆金牙是陆虎的儿子，他刚满 15 岁，就留起了三七分头，并且总是搞得油亮油亮的，长的一绺头发可以盖住鼻尖。他总是穿一件黑色的绸衫，挽着袖、敞着怀，露出臂上刺的一条五爪青龙，胸部刺的一只斑斓猛虎，还有腰间那七寸多宽的皮带。当然，他最喜欢露的是他那颗大金牙，那是有一次他跟人打架后，缠着他爸爸陆虎出钱给镶的。自那以后，他改名叫陆金牙。如果别人叫他原来的名字，他就一概装聋作哑。这小子曾多次要求做我的贴身跟班，但我此前并没有答应。因此，只要我有所吩咐，他总是屁颠屁颠一路小跑。不一会儿，陆金牙笑嘻嘻地来了。就像上次拎起小猫一样，陆金牙嘻嘻哈哈抓起狗，拖着走了。

陆金牙拖着狗的尸体，一直往园子的深处走，拐到一座假山后面，他扔下狗，朝那狗又踢了一脚。一回头，却发现我站在他身后，陆金牙吃了一惊，赔着笑说："少爷，你一直跟在我的身后吗？吓我一跳。"我淡淡地笑了笑，疑惑不解地问他："它已经死了，你为什么还踢它？"

此后，陆金牙做了我的贴身跟班，也从那一天开始，在我的带领下，在他的教唆下，我们一起干了许多坏事。

半年后的一天傍晚，我和陆金牙躲在假山后面，密谋怎么对付街坊王商人家的儿子，我无意中又提起了那小猫小狗的怪事情，陆金牙忽然笑了，他说："告诉你吧，那是我做的。"

"什么，你做的？"我吃了一惊。

他犹豫了一下，笑嘻嘻地说："我说实话，你可别打我喔。"又补充道："你也不能告诉我爹，他会打死我的。"他说，之所以做这些事，是想引起我的注意，这样他才有机会做我的贴身跟班。他对我很崇拜，尤其我的眼睛里带着一种凶光，使他心醉神迷，他曾努力模仿，让自己凶巴巴的，但他自己清楚，那不过是貌似而神离。于是，他先后两次在深更半夜，蹑手蹑脚来到我的房门前，扔下一只被他杀害的小动物，然后悄悄溜走。

听了他的解释，我仍然心存疑惑，继续追问道："你是说，那些动作，是你做的？还有，那些声音，也是你干的？”

“什么？声音？”这回轮到陆金牙惊愕了，他连连摇头否认道，“我只是放下就偷偷溜走了，生怕别人发现，哪里敢有什么动静？”

听完我的叙述，陆金牙打了一个冷战。看样子，他现在才知道，就在那两天漆黑的夜里，当他偷偷摸摸走到我的房门前时，他的身旁正有一个东西走来走去，用爪子反复挠门，并且发出“开……门……吧……”和“我……要……死……了”的声音，而他当时竟一无所知。想到这些，他吓坏了。“会有这样的事？你是在编故事吓我吧？”他忽然颤抖着说，“咱们回家吧。”

看着他恐惧的样子，我打消了对他的怀疑。但我又想，如果不是陆金牙的话，那么，闹出那些动静的又是什么东西呢？

这一事件，对乳娘的刺激更大，自那以后，乳娘经常呆呆怔怔的，好几次，她都从睡梦中发出惊悸的叫声。

乳娘的乳房在月下闪着白玉一样的光辉

我迷迷糊糊地叫了一声乳娘，但乳娘却没有答应。伸手摸去，发觉乳娘并不在床上。抬头睁眼，映入我眼帘的是半敞半掩的门和床下洒了一地的银色月光。再向外望，院子里更是仿佛罩上了一件轻烟似的薄纱，扑朔而迷离。我坐起身，看到院子里有一个人，那人正是乳娘。她在月光下坐着，敞着怀，乳房在月下闪着白玉一样的光辉。我刚想叫出声，却见乳娘忽然站起，扭身款款向远处走去。她穿过了拱月门，又上了飞虹桥，在桥头上伫立良久，任凭风吹得她衣角飞扬。然后，她走进了听雨亭，倚着一根亭柱坐下来，让池塘的水面映出她的身影。这中间，乳娘一直没有掩怀，让乳房沐浴在皎洁的月光中。大约坐了半个时辰，乳娘才站起来，慢慢地走了回来。我站在院子里，等乳娘走近，问她为什么这么晚了还出来。乳娘面无表情地答道："是前一段经常出现的那个敲门的声音把我引来的。"说完这话，她就目中无人地径自回屋，爬到了床上，继续呼呼大睡。而让我奇怪的是，到了第二天，当我再一次问起昨晚的事情时，她竟对所有的事情一无所知。

几天后，我遇到了杨小姐，把乳娘的事情描述给她听。杨小姐告诉我，这个毛病叫梦游。

关于梦游，杨小姐还告诉我一件事。她说，前一段时间，有一个老女佣找到她，向她讨要朱砂。她是西医，哪里有这个？她问老女佣做什么用，老女佣说，是治一个人的病。后来老女佣告诉她，把朱砂偷偷涂在门板上，房间的主人就不会半夜出来梦游了。老女佣还神秘地告诉她，按规矩涂朱砂这个事情，不能告诉别人，尤其是梦游者本人。老女佣说自己一天夜里遇到一个梦游的人。那天晚上，她睡不着，就出来到处走走，后来她看到一个黑影在自己面前走着，从那个人走路的姿态，她断定那个人是在梦游。后来那个黑影走到了一个门边，嘴里说着"开……门……吧……""开……门……吧……"，从说话者的音调，老女佣更断定那个人是在梦游。天很黑，老女佣无法看清那个人。按老人们的说法，梦游人的灵魂是被鬼牵去的，所以遇到梦游的人是不能随便喊他或拉他的。大约过了半袋烟时间，那个人转身往回走，好奇心驱使老女佣在后面远远跟着，一直从后院跟到前院，那人进了自己的屋子。老女佣这才看清，那人是老太爷的手下陆虎。

陆虎？听完杨小姐的讲述，我吃了一惊。原来，那个在院里走来走去，用爪子反复挠门，说着"开……门……吧……"和"我……要……死……了"的人，竟然是陆虎！对于这件事，只能令我产生一种怀疑，那就是梦游这种毛病会传染。

没多久，我的怀疑就被证实了，因为我也梦游了。

那天夜里，我听到有敲门声，打开门，一个女人站在门外。她头发湿漉漉的，上面的水滴到肩膀上，裙子也湿漉漉的，上面的水滴到鞋面上，鞋子也湿漉漉的，上面的水流到地板上。她嘴唇苍白，身子瑟瑟发抖，双手提着一个旅行包，说：我知道你是罪犯，但我已经决定了，我要和你一起亡命天涯。我吃了一惊，才发现那是一个梦。

我又一次发现乳娘不见了。于是我下床出门去看个究竟。那天，行走的云把月亮遮去了一半。在院子里，我没有看到乳娘，却看到了一个白色的身影在远处闪过。

我肯定那身影不是乳娘，那个身影比乳娘小得多。我循着那个身影跟去，没走多远，月亮从云层里露了一下脸，我看到了远处的乳娘。这时候，我跟踪的那个身影，在乳娘面前一闪而过，而乳娘却仿佛视而不见。我跟上去，问乳娘，乳娘告诉我，她没有看到什么白色的身影。我没有理会乳娘的话，继续追出去。我看到那个身影进了侧院，就向那里追过去。那么晚了，陆虎还在侧院练拳脚。他自信，任何人都不可能从他眼皮底下溜过去的，因此他可以肯定，刚才根本没有什么白色的身影。他奉劝我立即回去睡觉，如果吵醒了大家，明天外公一定又会责怪。

第二天，乳娘告诉我，昨天晚上，我梦游了。她说，昨晚，我睡着睡着，忽然坐起来，在屋里走来走去，大约走了十几个来回。听了乳娘的叙说，我有些奇怪，心想：难道我真的梦游了？我疑惑不解地向乳娘讲述了昨晚的事情，包括那个白色的身影，还有在院里遇到乳娘的情形。乳娘说根本没有那回事，她昨天晚上没有出去，我也没有出去。我不相信乳娘的话，又跑去找陆虎证实。陆虎笑了，他说自己早早睡了，既没有练拳脚，也没有见到我。我这才相信，我真是梦游了。

一个纤细的手指在我脸上轻轻抚摸

我安静地躺着,一个声音在我耳边颤颤地响起:“你长大了,已经长这么大了。”那声音柔柔的、颤颤的,十分动情。四周一片漆黑,我很顺从地仰躺着,任凭一个纤细的手指在我脸上轻轻抚摸。“如果不是我今天再一次见到你,你在我脑子里,还是才出生几天的婴儿的样子。我忘了,你是要长大的。”那个声音越来越近,仿佛就悬浮在我的鼻尖上,“几年没见,你不想念我吗?”我开口说:“想呀。”说完我一睁眼,一切都消失了,才知道原来是个梦。我发现,我正蜷在乳娘怀里,就一把推开了她。我拍醒乳娘,要她回到自己床上去。就在10天前,我命人在屋里另架一张小床。我不再愿意跟乳娘睡在一张床上,因为我已经10岁了。

一年前,在外公的逼迫下,我进入了私立孝仁小学读书。我入学后的半年时间,学校里相继发生一些怪事情。先是督学李先生的领带出现在教授洋文的马小姐的办公桌抽屉里,接着是教授算术的王先生在课堂上擦汗时,从兜里掏出的是马小姐的丝绢。没过多久,有一天马小姐回到自己的居室,发现自己梳妆台前放着算术老师的金丝眼镜。马小姐是住校的,她大惊小怪地一通嚷嚷,让事情传播得更为迅速。所有这些事情,让当事的教师万分尴尬。但他们大多经过权衡利弊,最终选择了忍气吞声以求平安。到了放学时间,这些在学校混饭的成年人才仿佛解脱。西装革履的督学站在马路边招呼洋车夫,长衫飘飘的算术老师从门前一排梧桐树下匆匆走过,领带熨熨帖帖挂在前者的衣襟前,金丝眼镜也端端正正架在后者的鼻梁上,它们用一副清白无辜的样子,保守住了学校里的所有秘密。马小姐房间窗外晾衣绳上,搭着她的蓝衣黑裙,像皮影戏里的人物一样,不停地左飘右摆。马小姐本人则换上粉色无袖旗袍,抱着两只膀子,手里夹一支燃着的香烟,身子斜倚在窗边,透过玻璃冷漠地看着外面的风景。

所有这些,作为一种风景,呈现在我的车窗里。在我的注视下,它们一点点发生着位移。不久前,我多次逃学被外公发现,对我采取了多项严厉的惩罚:不仅叫人把我扒光裤子按在长条凳上,亲自用长藤条狠狠抽了我一顿,规定陆金牙以后不准跟我混在一起,而且还规定我每天上学必须坐他的车去学校,在司机的注视下走进校门,放学时在司机的注视下走出校门,再坐车回家。世界同我隔着一层玻璃,它们可望而不可即。

很多次,汽车开进弄堂时,我注意到了马路边的一个男孩子。那个孩子脖子上挂一个木匣,上面摆着各种各样的香烟,坐在路边,垂着脑袋,显得百无聊赖。当我坐的车经过他身边时,他如梦初醒一般忽然坐直了,目光追随着车子,露出欣喜的神色。第二天,我再一次看到了他,他早早就站起来,像是在迎候车子驶近。我们的目光相对时,他没有任何动作,直直地站着,长时间直直地站着,目送着车子走远。我感觉,这个孩子有话要对我说。

第三天,当我的车再一次经过他时,我叫司机停车。司机不情愿地停下车,我摇下玻璃,扭头看着他。他见状立即跑了过来,也不作声,从车窗玻璃缝里塞进一张纸条儿。

“你是谁?”

“少爷,我叫小瘪三。”

“小瘪三?这名字有意思。”我问他,“这纸条儿是怎么回事?”

男孩子上前一步,向我解释说:“是一个女人让我送给你的。”这个男孩有着一头乌黑的短发,齐刷刷地盖在额前,眼睛很大,又黑又亮,水灵灵的。身上穿着穷人家孩子的衣服,半截胳膊和腿都露在外面,显得精瘦精瘦的。他看了看我,又补充道:“她花钱雇我干这个,是个穿白衣服的女人。”

我把纸条儿展开一看,不禁身子一抖。只见上面赫然写着几个歪歪扭扭的大字:“几年没见,你不想念我吗?”

我以为自己眼花了,揉了揉眼睛。没错,那上面就是写着:“几年没见,你不想念我吗?”而就在前两天,我在梦中听到有人说同样的话。我不明白,梦里的一句话,为什么会出现在现实中的一张纸条儿上?

我瞪大眼睛,惊疑地看着小瘪三。

这时,司机在前面催促道:“少爷,车不能再停了,老太爷知道不得了。”说完,不等我点头,就启动了车子。

直到深夜,我还坐在那里,兀自沉吟着。对于乳娘的催促,我一次次置若罔闻。“穿白衣服的女人?”我抬眼望着她,“乳娘,你曾经说过,在我刚出生不久,曾经被一个穿白衣服的女人抱走三天时间?”

乳娘一听,立即紧张地伸手捂住了我的嘴:“我的少爷,快小点声!如果老太爷知道我们在议论这件事,就要了命了。”

“我知道了,这是老太爷定下的规矩!”我烦躁地挥挥手,“你先睡吧,我去外面走一走。”说着我就站起来,不再理会乳娘,推门走了出去。

我走进夜色中,不知为什么,心里特想骂人。

陆金牙在外面躲着,他在等我。挨了我狠狠的一脚,他很委屈,不知是哪里触了霉头。大门已经被他做好了手脚,我们轻而易举就溜了出去。他骑着自行车,带着我上了路。

没有月亮的夜,光线很暗淡。陆金牙身手灵活,他走到墙边,伸手扒住墙头,纵身一跃,一条腿已经跨了上去。陆金牙沿着墙头向远处走,不一会儿就消失在夜色中。我守候在原地,等陆金牙回来。等候的时间里,我有点儿坐立不宁。一只飞虫在耳边嗡嗡地叫,我烦躁地甩手打去。不想,却碰上了硬邦邦的自行车把手。一阵钻心的疼痛,使我忽然变得更加暴躁不安。我抬起脚狠狠地踢向了自行车,它翻倒在地时,发出巨大的声响,在宁静的夜里,就像是一声惨叫。同时,我摸起一块石头,奋力将它掷进夜空中。

随着一声尖锐的玻璃破裂的声音,我听到了马小姐声嘶力竭的咒骂声:“快来人呀!这个混蛋,在偷我的裙子!”

我想看看我出生的地方

这下事情闹大了。第二天，警察把我们押送了回来。

陆金牙被命令跪在院子的中央，在外公这里，他不会受到比这更重的惩罚。外公是个官宦世家的子弟，他学到的治家理念是，凡是主子和下人一起做的错事，下人不应该为之负责，因为他只是奉命行事。但这并不意味着陆金牙从此万事大吉，不好过的是他父亲那道鬼门关。引起这么严重的后果，陆虎自然不会轻易放过他。

我没有做任何辩解，很顺从地被按到长条凳上，裤子被褪下时，也没有挣扎，仿佛一切与我无关。而我大睁着眼睛，死死地盯着前方地上的一只小蚂蚁，似乎那缓缓爬行的才是我的身体。我为那一刻做好了准备，深深地吸了一口气，暗暗将舌头收缩，牙根咬紧。

这是我第二次以这种姿态把屁股亮给外公，但上次是 9 岁的屁股，这一次是 10 岁的屁股，这是两者间根本的不同。外公的脚步声越来越近，我的屁股感到了他目光的灼热。外公也发现了，这是一个全新的屁股，它饱满而无耻地袒露着，没有一丝悔改的样子。这个发现，无形中增添了他的愤怒。虽然我无法看到他，但我可以想象他须发皆张的样子。但是，我没有像以往一样鬼哭狼嚎，而是始终一言不发。

这个应对姿态，使得屁股和藤条之间的互动关系无法形成，使得藤条仿佛打在了一堆破布上，使得外公感觉自己失去了力度感。因此，山洪在短暂的暴发后迅速消退，他的手在半空僵住，终于没有落下。外公的这个动作，对于按在我身上的几只大手来说，起到了引发溃散的作用。我的身体在痉挛般地抽动，我挺直身子，咬紧牙根，脸憋得紫红，对别人的拍打和喊叫没有任何反应。

一个时辰后，我躺在了医院的病床上，医生给我做了一番检查，从我顺畅的呼吸，他判断我已经进入了沉沉的梦乡。出于有利于病人休息的考虑，他挥挥手，示意那些围在我床边的人离开。于是那些人一个个悄然无声地退了出去，只留下乳娘一个人守候在床边。我重新睁开眼睛时，天已经黑了，乳娘正歪在床边打盹儿，我轻声地问她："是不是跟上一次一样？"乳娘被我的话吓着了，她猛地跳起来，揉揉眼睛，愣愣地看着我。我艰难地笑了一下，再一次问："是不是跟上一次一样？"

看到她一副摸不着头脑的样子，我索性从床上坐了起来，招手让她走近。我伸出手，把她的脸夹在我的两手中间，使劲晃了几下："放心，我很正常，没有被打傻。"

我说："我想看看我出生的地方。"

我走到窗外，向外张望，浓重的夜色中，医院的后楼影影绰绰，凸现出浮雕一样的轮廓。我感到奇怪，后楼怎么没有灯光呢？

我想出去走一走，透一透气。刚走到门口，却跟迎面而来的一个人撞个满怀，对方是医生。他告诉我们，这是他一天里的最后一次查房。

医生跟我解释了后楼的黑暗。就在五年前，随着领事馆下旗，领事撤离，院长也弃医院而去。医院被政府接管后，日渐衰落，至今，后楼已经废弃了。医生耸耸肩说："没有什么事是一成不变的。"

医生打一个哈欠，告辞离开了。

午夜时分，我再次从床上坐起，绕过已经沉沉入睡的乳娘，蹑手蹑脚地走了出去。暗淡昏黄的走廊里，弥漫着此起彼伏的鼾声。无声无息穿行于其中的我，好像一个游走飘荡的幽灵。

我蹑手蹑脚地回到病房时，手里多了一只手电筒。我过去拍醒乳娘，要她跟我去后楼。

后楼的大门上着锁，但门板上已经有了一个很大的缺口。我使劲推了一下，那缺口更大了些，我略作迟疑，俯身钻了进去。

医院后楼的一个房间，就是我出生的地方。现在在那里，我仅仅看到几张东倒西歪的婴儿床，上面蒙着尘土。手电筒的光在上面扫来扫去，却再也找不回原来的感觉。

我拉着乳娘慢慢向走廊的尽头走去，用身体尽量去想象 10 年前曾经有过的丝丝缕缕的穿堂风。从乳娘的故事里，我知道，在走廊的尽头，我们应该能够看到通向地下室的楼梯，果然就在那里看到了。10 年前，乳娘曾经不由自主地从这里迈了下去。楼梯幽暗深邃，刚走出一步，乳娘就感到从脚下升起一股阴凉，沁入了她的每一个毛孔。午间的倦意，让她有了一种飘浮的感觉。乳娘慢慢走着，恍惚中她感到，我的小身子在怀里缓缓地蠕动，嘴唇叼在一个乳头上，轻轻地吮着，一只小手不老实地伸过去，握着她的另一个乳头。

后来，乳娘似乎感到，我放在她另一只乳房上的小手，在她乳头上抚弄起来，让她有些痒酥酥的。于是，她不由得把目光投向那里。猛地，她浑身一抖。这哪里是什么婴儿小手？分明是一只毛茸茸的男人的大手！

乳娘毛骨悚然，大张着嘴，我的小身子忽然像涂满黏液的鳝鱼，从她手中滑脱而出。

“哪里？”我急切地问乳娘，“当时，她站在哪里？我说的就是她，那个白衣女人。”

我蹲下身去，摸着 10 年前那个白衣女人曾经站过的地方，摸到了厚厚的尘土。我用手指撮起尘土，在手电筒光下观察片刻，然后慢慢松开手，任它们如流水般滑落。

这时，我听到一个抽泣的声音，那是乳娘。她冲动地走过来，俯下身一把抱住我的头。“可怜的孩子。”乳娘手摩挲着我的后脑勺，激动不已地一遍一遍说“可怜的孩子”，说着说着，她失声哭起来。

我挣开了乳娘，我很不习惯被人这样抱着头。

一只手电筒扑通一声掉进水里

我 13 岁那年,外公的家里来了新客人,别人让我叫他表哥。他年纪 20 岁左右,个子比陆金牙高出一头,穿着一身笔挺的军服,腰间挂着手枪,走路时总是身体直挺,下颌扬起,面带微笑。他很英俊,眉清目秀、唇红齿白,像个大姑娘。这样的人,据说半年前还在战场上与敌厮杀,我对此表示怀疑。

他在外公家长住下来。有一段时间,他喜欢在院子里走一走。他气定神闲地走,前院走完走侧院,侧院走完走后院,后院走完去花园。我很少看到这么安静的军人,安安静静地漫步,安安静静地观察,安安静静地与人聊天。他喜欢聊天,遇到了什么人就聊上几句,遇到陆虎就跟陆虎聊,遇到陆金牙就跟陆金牙聊,遇到老女佣就跟老女佣聊,遇到乳娘就跟乳娘聊,遇到我就跟我聊。聊的话题五花八门,他懂得特别多。他当任何人是朋友,没过多长时间,我们就成了朋友。

有一天,表哥来找我,要我陪他散步。走到飞虹桥上时,我们遇到也在那里转悠的杨小姐。于是两人面对面站着,有一句没一句聊开了。在聊了一会儿西方医学和战局方面的事儿后,接下去的话题就越来越有意思了。

杨小姐身着一件旗袍，表哥就把话题转到旗袍上。表哥说：旗袍悄然无语地紧贴着柔滑的肌肤，平缓而又紧凑，恰如其分地衬托出女子温顺文雅的品质；表哥还说：旗袍仿佛白描小画，简练而凝重，真可谓乍有还无，好一个欲说还休，恰似才露又掩；表哥又说：旗袍既闪烁不明，又意味无穷，堪称是将服饰艺术推到了极致。

聊完这个有意思的话题，杨小姐忽然提出要欣赏一下表哥的手枪。同样的要求，我向表哥提出多次，但都被他一一婉拒。但对杨小姐的请求，表哥却欣然同意。表哥的枪乌黑光亮，冷气逼人，表哥说那是一支比利时造勃朗宁手枪。

两个月后的一个晚上，我躺在床上，表哥的关于旗袍的话忽然在脑中响起。我很奇怪，表哥和杨小姐说了很多话，我印象都不深了，为什么独独记住了关于旗袍的那一段儿？想到这里，我的眼前出现了一个中年男人的形象，他戴着一顶蓝布帽子，穿着一件已经洗得发白的卡其布中山装，翻领都发了毛，袖子上套着长至肘部的袖套，倒很崭新。接着，我看到他脖子上搭一根软皮尺，接着，我听到有一个声音在喊：“老裁缝。”接着，我听到有一个声音答应了。

那个答应声吓醒了我，我又一次惊悸地发现，那个答应的人，不是梦中人，而是我这个做梦的人。

就在这时，我听到了乳娘的惊叫声。乳娘的惊叫声来自院子，“快来人呀！”乳娘似乎受了不小的惊吓，她强撑着站了起来，跌跌撞撞地跑了几步，身子一软又跌坐在地上，看到闻声赶来的我和几个女佣，回身用手指着桥那边，嘴里哆哆嗦嗦地喊：“桥，那里，地上，有一个人。”

几个人闻言跑向桥那边，果然发现地上倒着一个人，原来是表哥。见到我们后，他使劲挣扎着身子，嘴里发出呜呜的叫声。原来他的双腿和双手都被捆着，嘴里还塞着破布。

几个人七手八脚地把捆着他的绳子解开了，表哥又是急促地喘气又是剧烈地咳嗽，却一句话也说不出来。于是，众人把他扶进一个佣人的房间。借助屋内的灯光，我看到表哥的样子很吓人，脸上、头发上都沾着血污。敞着胸，赤着脚，睡衣掉了一只袖子，下身只留有一条内裤。几只眼睛带着疑惑上下打量着他，让表哥狼狈无比，他忽然挣脱搀扶他的人，冲出屋子，对着夜空扯着嗓子喊："快！快！抓！"

就在这时，一声枪响划破夜空。一个声音在喊："有——刺——客——"

接着，远处传来凌乱的脚步声和喧哗声。火把的焰光在前院、侧院的墙上来回移动，手电筒的光柱在前院、侧院上方的夜空中扫来扫去。嘈杂中，有个声音在喊："不要乱！保护老太爷！"又有一个声音喊："抓住他！别让他跑了！"接着又是一阵喧哗，其中还伴着一两声惨叫。

后院的大门被人踢开，随之，手电筒和火把闯了进来，七八个持枪的男子急匆匆走来。有人冲我们这边命令道："女人们回屋去，保护好少爷！"

乳娘扯着我的衣袖，把我往屋里拉。但刚进屋子，我便挣脱了她的手，从她的腋下钻出，撒腿往外跑去。乳娘急得在后面边追边喊："快回来！你去哪里？"

有人发出凄厉的惨叫，一只手电筒扑通一声掉进水里。几道光亮向桥的方向会聚，同时射向桥头。那里正站着两个人，一个黑衣蒙面，另一个是杨小姐。杨小姐花容失色，头发凌乱地贴在脸上和胸前，旗袍的前襟耷拉在一边，整条腿赤裸着。大家明白，黑衣蒙面人把杨小姐给挟持了。

一旁传来表哥惊恐地喊道："小心！我的枪在他手里。"一支手枪抵在她的脑袋上，那正是表哥的勃朗宁手枪。

众人见状，都不敢轻举妄动。于是，局面僵持在那里。陆虎晃着手中的盒子枪，冷冷地指着黑衣人："兄弟，识相点！到处都是我们的人，你跑不掉的。你带着杨小姐这个累赘，更是没有逃脱的可能。何况……”他的盒子枪慢慢下移,“杨小姐连鞋也没有穿。”陆虎观察得真是仔细,果然,杨小姐赤着脚,也不知是鞋子跑掉了还是根本没穿。

“我不是协助你逃跑。”陆虎冷冷地说,“我是担心杨小姐。”他扭头对不远处站着的乳娘说:“麻烦你找一双鞋,让杨小姐穿上,如何?”

看黑衣人没有任何表示,乳娘赶紧返回房间,找来自己的一双布鞋,陆虎一摆脑袋,手下的一个人放下枪,接着鞋子,慢慢向黑衣人和杨小姐站的地方靠过去。

“站住!”黑衣人断喝一声,命令道,“退回去!”那个人看看黑衣人一触即发的样子,只好无奈地原路退回。黑衣人把目光转向我:“把那个孩子送过来。”

陆虎尚在迟疑,我已经走过去,从陆虎手下人手中夺过鞋子。那个手下一把扯住我,但被我使劲推一下,挣脱出来。

我慢慢地靠过去,站到杨小姐的面前。杨小姐只是愣愣地看着我,没有任何表示。黑衣人点点头,于是我蹲下去,抓住杨小姐的脚。杨小姐的脚很冰凉,而且湿漉漉的,像是清晨沾满露水的植物。我感到,她的身体在微微发抖。

“你是这家的少爷?”黑衣人把枪从杨小姐头上移开,指向了我。

我点点头。

“那你不要离开。”黑衣人冷冷地命令道,“站起来!站到我的前面来。既然是少爷,对我肯定有用。”

我点点头,慢慢地直起身子。忽然,我拔出一把尖刀,猛地刺向黑衣人。黑衣人没有想到一个孩子会来这一手,慌忙之下,他下意识地松开了抓着杨小姐胳膊的那只手,向后退去。与此同时,我侧身撞向杨小姐。杨小姐受我一撞,身子连退几步。在我的身子冲出桥外之际,我回手一扯已经失去平衡的杨小姐,带着她一起掉进水中。

在落水的同时,我听到,几支枪的枪声在头上同时响起。拉长的惨叫声挟裹着一个物体从桥头上掉下,淹没在巨大的水花声中。

几个人下到水里，把我们救起。拖出黑衣人时，他像死狗一样任人摆弄，好不容易拖到岸上，人已经死了。扯去脸上的布，呈现给众人的是一张似曾相识的脸。有人低声奇怪道："这个人，好像是几年前曾经为杨小姐拉过洋车的车夫。"

刺客尸体被抬走，我也回到房间换上干净的衣服。表哥还在外面到处找他的枪，一边找一边叫喊："我的枪，我的枪在哪里？"

表哥的枪无影无踪。第二天，陆虎派了一个人下水打捞，直到天黑终无所获，也就匆匆收兵。老太爷被打中了左肩，陆虎要陪他住进医院，无暇顾及这些小事情。

几年没见，你不想念我吗

外公住进医院已经40多天了,伤情还没有好转。

没有外公的家里,渐渐出现了乱象。那些曾经被严格管束的人,渐渐露出了本来面目。我是这样,陆金牙也是这样。

有几天,陆金牙总是没事找事地接近我,奉承我的勇敢,问我当时尖刀藏在什么地方,竟然让刺客没有察觉。他反复问这样的问题,搞得我都有些厌烦。我就告诉他,如果仅仅是问这个问题,就不要来找我。

但没过两天,陆金牙又来了。这一次,他还带来一个青年,那个青年是外公另一个手下的儿子,一个月前接替他父亲的职务,在我们家里值夜。两个人先窃窃私语几句,然后陆金牙对我说:“少爷,李朗有一个重要的情况报告。”

那个叫李朗的手下,跟我讲起了他看到的一件事情。我听了,不禁大吃一惊。我怎么也没有想到,就在大家捉刺客的那天夜里,除了刺客,还有另一个外人在我们家里出现过。

李朗说,那大约是在发现刺客的一个时辰前。那天,由于刚接替父亲的职务,他很兴奋,深夜了,还是睡不着。于是他就索性披衣起床,在院子里到处走一走。后来,他一个人去了后院,在拱月门那里站了一会儿,又去假山上面小坐片刻。他补充说,途中还经过了飞虹桥,当时飞虹桥上没有被绑住扔在那里的表哥。后来,他感觉有些困倦,就沿原路返回。又一次接近飞虹桥时,他看到有一个人影从对面走来。他想可能是家里的什么人,生怕冲撞了对方,就赶紧躲到了桥下。那个人从他身旁走过时,他偶一抬头,看到了对方的样子。

李朗解释说,他来这个家不久,家里的人认不全,所以一直认为那是家里的什么人。但是前几天,他在弄堂口见到了一个卖香烟的孩子,他大吃一惊,原来这个孩子正是那天晚上他所见到的人。

我听了李朗的讲述,很是吃惊。不知怎么,这件事让我联想到几年前的一天晚上,我在院子里曾经追踪一个陌生的人影,但别人告诉我,那是我在梦游。如今李朗提到那个孩子的名字,让我更加感到意外。李朗说,那个孩子,大家叫他小瘪三。

"小瘪三?"我不禁叫出声来。

但我还是不太明白,陆金牙为什么要李朗给我讲这些。于是,我疑惑地看着陆金牙。

"那支勃朗宁手枪为什么会无缘无故失踪?现在有下落了。"陆金牙兴奋地说,"这不是明摆着嘛,那天晚上他潜进家里,除了行窃还能做什么,肯定是他偷走了勃朗宁手枪。"

我听了心里不由得一动,感觉陆金牙的说法也不无道理。"但是一个孩子偷枪?"我陷入深深的困惑中。后来,我有些不耐烦地摆摆手说:"好啦,好啦,我知道了,让我想想这件事。明天会告诉你们应该怎么做。"

第二天,我叫来了陆金牙和李朗。"小孩子偷枪做什么?肯定卖掉了!"我拿出一个从外公的房间里偷出来的家伙说,"我要你们密切注意同他接触的人。尤其是年轻女人,每一个都不能遗漏。"

"这是照相机。我要你们想办法学会使用这个家伙。"我指着那个家伙说，“我要你们想办法暗暗跟着她，趁她不注意时，把她的样子给我照下来。”

“为什么是女人？”陆金牙对我的命令感到莫名其妙，接着他发觉自己问了一个不该问的问题，于是连忙改口问道：“多大年龄的女人？”

我想了想，说：“30 岁上下吧。”

一个月里，我没有跟任何人提起过这件事，包括表哥。陆金牙有一天在门口截住我，塞过来一堆照片，神秘兮兮地说：“30 岁上下的女人，都在这里了。”照片有 10 多张。

我回到家，一张张翻看着这些照片。

第一张，舞女，大约有 20 岁。阳光下，靠着一根罗马式的石柱抽烟。玲珑修长，十指纤纤。每个指尖上一抹深色的蔻丹，似花朵绽放。眼睛细长，透出无比冷漠。

第二张，撒传单的女人，30 岁上下。这是一张仰拍的照片，背景是泛着黄的天空，她脸上热情洋溢，嘴里叼着烟。卷着袖子的一只胳膊高高扬起，天空中飘扬着花花绿绿的传单。

第三张，女军人，30 岁左右。美式军装，波浪卷发漆黑浓郁，扣着船形的小帽。一只手臂搭在武装带上，另一只举到眼前，瘦瘦的手腕上套一大串暗色的银镯。她嘴唇轮廓分明，微微上翘。她让我想到一条蛇，也不知道这张照片他们是怎么拍到的。

第四张，戏子，看不出年龄。脸上涂满了油彩，很疲惫的样子，头发紧紧地梳向脑后，额头高高的，眉毛吊吊的。香烟举在半空中，前端顶着很长一截烟灰。她好像并没有吸几口烟，而是在对着镜子出神。

后面还有几张，我快速地翻看完它们。我想，这就够了，可以摊牌了，于是把它们攥在手里，起身迈步走出了家门。天快黑了，穿梭在弄堂里的风飒飒作响，几张花花绿绿的纸屑沿着马路翻卷前行。小瘪三裤腿被风扬起，露出他精瘦的脚踝。

我环顾一下四周，然后慢慢向他逼过去。我扬着那些照片，脸色阴悒地问:“告诉我,是哪一个?”

他有些惶惑,不由得向后退了几步,过了一会儿,才怯怯地问:“什么哪一个?”

“你看清楚,哪一个是交给你纸条儿的人?”我把照片一张一张举到小瘪三眼前,一字一顿地说,“那张纸条儿上面写着:‘几年没见,你不想念我吗?’”

小瘪三很害怕,他说不出话来,只是使劲摇头。

想不想听一听关于那支枪的故事

自从丢了枪,表哥不再穿军装了。和以往一样,他长时间独坐在桥头,不时摸出一个扁平的银质酒瓶,往嘴里灌一口,然后继续对着桥下的水面发呆。

“想不想听一听关于那支枪的故事?”见我走近,表哥忽然开口。没等我回答,表哥就自顾自讲起来。

“那支枪上,肯定附有一个怨妇的冤魂。”表哥的故事,伴着酒气从他的口中缓缓流出。

那时他还是一名副官,一次执行公务回来,顺手将枪解下放在办公桌上。这当口儿听传令兵说长官紧急召见,就匆匆忙忙去了。等再回来时,枪已经没有了踪影。房间里有几名军官围在一张地图前专心致志地小声讨论,一名报务员在“嘀嘀嗒嗒”地发电报,他们都声称没有见到。

他在没有佩枪的一段时间里,一切平安无事。然而,作为军人,他不可能永远不佩枪。就在他从军需官那里领到一支新枪后,当天夜里怪事就出现了。他正在睡梦中,忽然枪声响起,一颗子弹贴着耳朵呼啸而过。他从床上跳起来,向挂在墙上的新枪摸去,那里却一无所有。

后来,他在地上摸到了它,枪套上有一个不小的弹洞,枪身已经变形。闻声而来的卫兵打开灯在房间四处搜寻,却一无所获。奇怪的是,经过这一阵翻腾,他们在床下找到了一支手枪,正是他曾经丢失的勃朗宁手枪。

第二次丢枪是在露天的靶场。打完靶后,他到凉水管去洗脸,结果一脚踩在结了层苔藓的石板上,摔了个仰面朝天。不知是否与他摔倒有关,一根长年立在那里的长竹竿也倒了下来,他往旁边一滚,竹竿訇然倒在地上。他刚站起来,竹竿倒下时碰到的一个马蜂巢这时却落下来,擦过他的脖子掉在了地上。他小时候被马蜂蜇过,很知道厉害,赶忙顺势趴在地上。这一次有惊无险,马蜂在表哥的上空盘旋了一会儿,就转身去找别的军官了。别的军官有的没有经验,手忙脚乱地左遮右挡。一个军官被蜇了一下,疼得在那里大喊大叫。大家都认为表哥是罪魁祸首,纷纷痛骂他,有的人甚至还从地上捡起小石头、小土块,向他砸过来。后来,他一边狼狈不堪地躲,一边双手在腰部乱摸,喊叫着:“别……别砸了,我的枪,我的枪不见了!”

半个月后,他接受一个军事任务。为了那次任务,上级又发给他一支新枪。战斗在深夜进行,非常激烈,炮火连天。后来,他昏死过去。醒来时,已是清晨。奇怪的事情再一次出现,新枪不见了,身边却扔着那只曾经丢失的勃朗宁手枪。

经过两次怪事,他深切地感到这支枪有问题。带着种种疑问,他去拜访了发给他这支枪的军需官。军需官轻描淡写的讲述,让他大吃一惊。原来,这支枪此前已经夺去了两个持有者的性命。这两个人,一个是外国军事顾问,一个是旅长。他们两个的死十分巧合,领到枪的一个月后,他们死于自己弃而不用的勃朗宁手枪中射出的子弹。现在看来,原因似乎都跟这两个持有者对枪的背弃有关。

表哥说,那是一支无法摆脱的枪,只要你使用过它,从此,你就不能摆脱,就被它纠缠,永无休止。如果你不慎丢失它,你必须不能放弃寻找它的努力,否则,它会认为被你抛弃,那样它就会把你当成它的敌人。不言而喻,从此你也不能再使用别的枪,否则,它会认为你背信弃义,绝不会放过你。

表哥说,他是它的第三个倒霉的持有者。

表哥说,倒霉的事情,并没有因为他来到这个城市而终止。住在外公家没多久,枪又一次丢了。那之前的一天,我们三人曾经站在后院的桥上聊关于旗袍的事,然后,他让杨小姐欣赏过勃朗宁手枪。那天是上午,他独自出了外公家大门,去集市上闲逛,集市上人很多,引得他左顾右盼。忽然,不远处一阵骚乱,原来是一帮人在追赶小偷,小偷向他们这边跑过来。周围人一阵慌乱,纷纷向一旁闪躲。他冲了出去,给小偷使了个绊子,小偷奔跑速度很快,在被绊倒的同时,也撞倒了他,同时带倒了旁边好几个人。在把小偷制服后,他才发现,刚才的乱阵当中,自己的枪又一次失踪了。

这件事让他十分沮丧。他心想这一次勃朗宁手枪肯定一去不返,他内心甚至还有一丝庆幸。他保守着失枪的秘密,把一块红布塞进枪套中,跟什么事也没发生过一样。

然而,就在一天夜里,一只脚踢醒了他。他睁眼一看,一个黑衣蒙面人拿枪对着他,那支枪太熟悉了,它正是那支勃朗宁手枪。

“这支枪太漂亮了,我相信谁也抵挡不了它的诱惑。但是,不管谁拥有它,对自己来说都是一个错误。”表哥说,并且还说他明天要离开了。

见我有些疑问,他再一次重复说,明天他要乘坐昌茂轮船公司的轮船离开。

跟失枪前相比,表哥显得很憔悴。“不知道那支枪现在哪里,不知道它现在的拥有者是谁,不管是谁,我都要祝他好运。”说完,表哥站起来,摇摇晃晃地走了。

那天晚上,不知为什么,外婆的那个画像有些异样。我总感觉画中人的脑袋后面，隐约有一支手枪，那黑洞洞的枪口发出无声的狞笑。我有些害怕。

我决定明天亲自送一送表哥。

第二天，我们一行人浩浩荡荡地开到港口。表哥轻快地从车上跳下，白色的绸衫，白色的宽檐帽子，一副墨镜，仿佛又恢复了往日的潇洒。世界忽然宽阔许多，我们忽然渺小许多，面对停泊在水边的一个庞然大物"昌茂号"，我们不得不采取仰视的姿态。天气晴朗，从"昌茂号"的大烟囱中冒出的青烟，袅袅升上蓝天。

陆金牙附在我耳边小声说："少爷，你猜我刚才在船上看到谁了？杨小姐。"刚才，他指挥着几个人，帮表哥把行李箱搬到船上去。

"别胡说！"我一愣，微笑立即僵在脸上，放眼向轮船方向望去，远处的表哥对我挥挥手，然后沿舷梯攀上轮船。"外公出事后，杨小姐不是一直陪在医院吗？"我心里想。

一个白衣女人独自在那里安详地坐着

宽阔的船上布满了人，有穿西装的、穿长衫的、穿旗袍的、穿军装的，有男有女，有老有少，有胖有瘦，有走有坐，有孑身独处，有三三两两，各在各的状态中。我上了船，四下张望着。

忽然人影一闪，露出通往底舱的梯口。底舱里光线幽暗，窄窄的甬道九曲回转，犹如走在一个庞大的迷宫里。

推开一扇门，呈现给我的是烟雾缭绕的厨房，一个女人在忙碌着，锅碗瓢盆发出叮叮当当的交响。女人见了我，停下了手中的活计，冲我微笑。她把双手在胸前、背后抹了抹，那里已经遍布着大大小小的油渍。她微笑着向我走来，伸出双手，做出要拥抱我的样子。从她的身上，散发出一种类似葱花的气味。这种气味平时混合在饭菜中，作为一种香气的注释，甚至很多次勾起我的食欲。今天不知为什么，那么令人作呕。

我迅速退了出来，无意间撞进另一个空间，一股酒气扑面而来，伴随着迷幻香艳的音乐，室内灯光红、黄、蓝、绿变化无穷。柱子下面，一个女人慵懒地坐着，从一堆凌乱的裙子下，伸着光洁的大腿、优美的小腿，小巧的脚踝、叉开的脚丫。女人看见我，作势向我爬来，眯着惺忪的醉眼，懒懒地冲我招招手，举着手里的酒瓶道："来，喝酒！"

我不由得向后退去。忽然，我看到了一幅恐怖的景象：我的双耳下，各长出一个白森森的东西。那东西越伸越长，一直伸到我的鼻子前方。我看清了，那是两只瘦骨嶙峋的手。忽然，它们反转过来，死死地卡住了我的脖子。我被它们拉得连退几步，后背生生地抵在坚硬的钢筋上，几乎要喘不过气来。我艰难地勾起腿，慢慢地向后伸去，从两根钢筋之间穿过，猛地踩下去。随后，我身后响起一声凄惨的大叫。我转过身，看到一个巨大的铁笼子。铁笼子里有一个女囚犯，披头散发，衣衫褴褛，两腿和两臂之间各拖着一条粗黑的铁链。她暴躁地在笼中左突右奔，一只手抓住钢筋，一只手伸到铁笼之外，指甲有半尺来长。她张着嘴，露出满口的黑牙叫道："来吧！孩子！"

我迈开双腿，向后舱跑去。我穿过码得整整齐齐的绸缎，红的绸缎，绿的绸缎，黄的绸缎，柔柔地滑过我的臂膀，绸缎铺里樟脑丸的味道悠悠地进入我的鼻腔。

我的速度慢下来。我前面是一个瓷器的世界。整整齐齐码着的碗，整整齐齐码着的盘子，整整齐齐码着的碟子，浑身洁白光亮，没有一丝杂质。

穿过瓷器的世界，一个宽阔的空间呈现在眼前。尽头，有一张白色的桌子，两把白色的椅子，一个白衣女人独自在那里，安详地坐着。

我不由得慢慢地向她走去，忽然，我有一个发现：这个女人，跟我先前遇到的三个女人，竟然长得十分相似。

但是她穿着一件白色的裙子，这是她和她们之间最大的不同。这个女人抬起头，缓缓地转向我。接着，她的眼睛里闪过一道光亮。她冲我点点头，柔柔地向我开口说道："小男人，来呀！"

看她的态度，就像跟我认识一样。不知怎么，我被那女人的气质慑住了，不由得慢慢走到她对面。

"我在找一个女人。"我张口结舌地说，"有没有见到一个女人从这里经过?”

她笑了笑,摇摇头:“这里只有我一个人,我在这里几乎有一百年了。”

女人的皮肤半透明,几乎没有纹络,仿佛她也是一件瓷器,而且是世界上最柔软的一件瓷器。

我慢慢地坐下,坐到她的对面。我看到了她的一双大眼睛,瞳仁乌黑油亮。不,那瞳仁并不是乌黑油亮,它正在变成蓝色。那是一种湖水的颜色,并且波光粼粼。

我一下子恍惚了,呆了,我明白,那绝对不是光线的缘故。

“船马上就要开了。”女人在对我微笑。

我一愣,慌忙站起身,我马上意识到刚才出现了幻觉。

一声长长的汽笛声过后,轮船缓缓开动。轮船上的人向岸上的人挥手,岸上的人向轮船上的人挥手。我一眼就看到了刚才那个女人,她在向我招手。同时,她在对我大声喊着什么。

我仔细分辨着她的声音。天哪,她说的竟然是:“几年没见,你不想念我吗?”

我呆呆地,目送着轮船远去。它驶向地平线,海鸥尾随在它的后面上下翻飞。

陆金牙拍了拍我的肩膀,我没有理他。我的眼中,噙满了眼泪。

乳娘经常梦游的谜底

主事的老女佣在门口等我,见到我以后就迎上来喋喋不休地诉说,自从外公久病不愈,陆虎等人长期陪护在医院,有人就开始趁火打劫,家里接二连三出现失窃的事情。她认为作为少爷的我,值此危难之际,应该亲自坐镇东堂,肃整家规,以制止乱局。老女佣曾是破落世家的小姐,对于她的一番晓以大义之言,我听得有些心不在焉。

乳娘不在,房间里阒寂无声,四周又飘荡着那股淡淡的苦艾气味。墙上的画上,身着旗袍的外婆还在双手托腮,慵懒地斜倚在床沿上,目光幽怨地对着我。不知怎么,我忽然有一种想哭的感觉,忍不住伸出颤抖的手,抚摸着我的外婆。忽然,一个东西从画后面掉出,咣当一声落在地上。我垂眼一看,是一个翡翠扳指儿,那是外公的翡翠扳指儿。乳娘不知什么时候走了进来,她见此情景,扑通一声跪在了地上。

我把乳娘交给了老女佣。半夜,我听到了乳娘的惨叫。我想:我必须制止老女佣这种行为,毕竟在外公家里,乳娘曾经是我唯一亲近的人。

老女佣已经得到一些供词,我听后不禁大吃一惊。原来,忠心耿耿的乳娘,竟然瞒着我做了这样一件事。

她用自己的乳汁同时养育了两个孩子,一个是我,另一个是她自己的孩子。她把那孩子偷偷从乡下带来,寄放在附近她的一个亲戚家。做了我的乳娘没有几天,她就开始这样做了。深更半夜,她常偷偷溜出去,去那个亲戚家,给她自己的婴儿喂一次奶。到那孩子长大一些,乳娘又从外公家和我那里偷些钱物,用来供养那个孩子。原来,这就是乳娘经常梦游的谜底。

几天之后的一个夜里,我忽然听到一句短促的悲声,仅仅一个"妈"字,就戛然而止。我听得出,那是一种爆发而出的悲恸,那是一个少年的嗓音,来自关押乳娘房间的方向。等我追出去,仅仅看到一个消失在后墙的白色身影。我在后墙发现有一个小门,在白天长年关闭着的小门,那孩子正是从那里溜掉的。我相信,这一次我是看清了,那正是若干年前曾经被我认定是梦游中看到的景象。原来那些天晚上,那孩子是来和母亲相会的。而这一次,由于几天来没有见到自己的母亲,孩子很不放心,冒险来打探情况。

如果说几年前,乳娘给了我一个梦游的错觉,是为了掩饰那个偶尔被我撞见的秘密,那么这件事,另一个人也难脱干系。那个人就是外公所信任的得力干将陆虎。我怀疑若干年前那一次,那个白色身影之所以能够成功逃脱,正是乳娘和陆虎共同配合的结果。陆虎为什么要这样干?

乳娘在严厉拷问之下,进一步揭开了谜底。原来在第一次带乳娘来城里的路上,陆虎和乳娘心里就种下了男女之情。在最初的很多夜里,欲火中烧的陆虎不断在央求乳娘"开……门……吧……""开……门……吧……""我……要……死……了"。所谓的梦游,原来是他在向乳娘求欢。

接下来我发现,所谓的那个远房亲戚,根本不是乳娘的,而是陆虎的。如此看来,陆虎在乳娘偷窃这件事情上,已经沦为了帮凶。这是可以理解的,如果没有陆虎的帮助,一个乳娘怎么会有这么大的胆量,这么多的心机呢？这两个人，一个是外公十分信任的人，另一个曾经是我唯一亲近的人，这是一件让我很不能接受的事情。

我明白，要找到那个孩子，必须得到陆金牙的帮助。第二天上午，我带着陆金牙出了家门。“我要问你一件事。”我边走边说，“若干年前，你杀了一只小猫和一只小狗，目的是什么？”

陆金牙愣了一下：“少爷，我不是已经告诉你了吗？目的是引起少爷你的注意。”

我没有理陆金牙的茬儿：“那我再问一句，小猫、小狗是谁家的？”

原来，那小猫、小狗都是乳娘在陆虎的支持下偷偷从乡下带来陪伴那孩子的。陆金牙早已经知道陆虎和乳娘的事情，出于不满，他杀死了它们。当然，也为了给乳娘一个恐吓。

我继续追问：“那个孩子是谁？”

停了半晌，陆金牙才吭吭哧哧地说：“是小瘪三。”

这个名字让我很意外，我立即想到了陆金牙曾经借我之手迫害过他，原来陆金牙也是在利用我。

小瘪三还在弄堂口徘徊。看到我们，他再一次显出惊慌。我没有让他逃脱，上去一把抓住他的前襟。但立即，我的手触电一样缩回了。因为我触到了一个柔软的胸部，那个胸部不是一个男孩子应该有的。

我现在才知道，小瘪三原来是一个女孩子。

我回来瞧瞧我的小男人呀

这是一场非常突然的雨，没办法，只好站在那个高大的屋檐下躲避，他抬眼看看牌匾上，“凤仪”两个字已经被雨浸湿了。

陆续地，身旁又站了些避雨的人。不一会儿，屋檐下站满了人。后来的人一看，就不再过来了，把上衣顶在头上继续赶路。越过挡在前面的攒动的人头，我发觉那雨点儿在空中几乎清晰可辨。

接着，吸引我目光的是一头乌黑发亮的头发，估计拥有这样头发的人肯定是一位成年女子，她站在避雨人群的最外围，那里几乎已经是屋檐鞭长莫及之处。她发梢处滴着雨，但却像没有感觉到一样。我想不明白：为什么她淋着雨，却既不离开，又不往人群中挤一挤呢？

接着我发现，周围站的都是女人，媸妍胖瘦不等林立着的大腿挡在我的眼前。我一时有种冲动，想开口叫那女子，把自己占据的位置让给她。那个女子好像听到我心里的话，她扭过头。看到她的模样，我立即惊呆了。她目光里含着笑，制止着我的唐突。

不一会儿，雨小了，避雨的人一个个离开。我不想走，暗中希望那女子也能留到最后。那女子果然没有走。最后真只留下我们两个人时，她朝我微微点点头：“你不要走。”

我听到她的声音,再一次呆住了。那女子指一指天空,微笑着说:“你瞧这天上的云,不出一分钟,肯定还有场雨下。”

正说着,雨又下了起来。刚才离开的几个女人很狼狈地跑回来。那女子已经擦干了头发,从从容容地站在最佳避雨的位置,迎接她们的到来。她掏出一个手绢,亲昵地替她们擦拭头上、身上的水。偶尔,她和我的目光交接,对我报以一丝狡黠的笑。

后来,一转眼,女人不见了。人们四散而去,化作一朵朵油纸伞在大街上游动。红的伞和谐柔美,黄的伞高洁简约,蓝的伞委婉多情,绿的伞风流旖旎,纷纷流向前方那座卧波长虹一般的石拱桥。我四处找寻,再不见她的身影,仿佛一颗水滴,溶解到阴雨霏霏的季节里。

过了桥,迎面是一家名叫“五德”的玉器铺子。进了店铺,一种异乎寻常的凉意沁入我的肌肤。玉器货架构成了一个窄的廊,显得曲折而幽深。我踱着步,浏览着柜内那些精巧细腻、玲珑剔透的玉器。我在一件茶晶梅花花插面前停下脚步,苦思冥想着,仿佛有什么东西阻隔了我的思维。那上面仿佛镌刻有一行文字,我注视良久,才慢慢地读出:“绛树无花叶,非石亦非琼。”后面的字,怎么也读不出来。

“世人何处得,蓬莱石上生。”背后传出女子玉润珠圆的声音。

我一扭头,那女子不知什么时候已经站在了身后。她笑吟吟地对我说:“其实最好的玉不在这里。”

那女子拉着我的手出了五德玉器铺,马路上,停着一辆有轨电车,我们一起上了车。车开动后,外面的城市在我们的眼里成了浮光掠影。

最后,我仰起头,着迷于由霓虹灯构成的“万国门宾馆”五个大字,它们闪烁在一座典雅的西班牙式十层高楼之上。那女子带我走了进去。

我感到自己的身体在无限舒展,每一个毛孔都张开着,有某种东西从身体里经过这亿万个毛孔缓缓流出。眼前一片蔚蓝,一切都浮游不定。在这浮游不定中,我看到那女子缓缓向我走来。

一瞬间,我感觉自己想要爆发,于是,我奋力大喊一声,脑袋从水中钻出来。我发现,我的身体泡在浴缸里。同时,我注意到,我正把一个赤身裸体呈现给女人,于是我赶忙用手捂住羞处。

那女子似乎没有注意到我的不自在:"你已经是一个大人了,看来我忽略这一事实了。在我的心目中,你好像还是刚刚出生三天的样子。"

红的玫瑰,黄的玫瑰,蓝的玫瑰,在我的周围漂浮、盘旋。我迷醉于赤身裸体躺在她怀中的那种感觉,长时间一动不动,任凭她把一些水撩在我的肩头,然后,用手在上面轻轻地揉搓着。我想拉一件浴巾盖在身上,却不知为什么,终于一动未动。

那女子悠悠地道:"这是'五德'最好的一件东西。"

她手里拿着一块玉,玉上带的红色丝线搭在她白藕一样的小臂上。那玉呈蓝、白两色,白处如凝脂,蓝处似晴空,形状独特。说它是牌,比牌小些,说它是个玉坠,又有些偏大。接着我发现这件玉器的芯处有一个黑斑,不由得被它吸引住了。

"这玉,名叫'凝噎',又叫'美人泪'。"那女子又慢慢吟出:"执手相看泪眼,竟无语凝噎。"她的声音有些哽咽。

她伸手把那玉套在我的脖子上。然后,往我前面挪了挪身子,捧起我的脸。我感到,贴在我双颊上的手在一点一点变凉,我不明白一个人的体温,怎么可以说凉就凉下来。

终于,我迟疑地问:"你不是乘船去外地了吗?"

她长久地凝视着我,大而乌黑的眼睛吟吟带笑,轻声说:"我回来瞧瞧我的小男人呀。"她把我的脸拉过去,同她的脸贴在一起。

从屋内慢慢走出来一个陌生的妇人

早晨,我走到胡同口时,迎面走来一个人。看到我,他愣了一下,忽然显出吃惊的样子,返身沿来路跑回去。跑到我的家门口时,他停了下来,不放心似的,扭头又看了我一眼,然后毅然一头扎进了家门。我想起来,那是家里一个新来的厨子。这个举动让我疑惑不解,我想了想,继续往前走。老女佣出来了,她是得到厨子报信后才出来的。她站在门口东张西望,看到我后,忽然变得激动不已。

"天哪,五个月时间呀。我们大家都以为你……"老女佣热泪盈眶,做出欣喜的样子,上来像是要拥抱我,但这个动作才做出一半,却又仿佛感觉出有什么不妥,就硬生生停下来,身子后退了几步,急切地向我摆手,示意我快些进门。然后,她先急匆匆地进去了。我有些奇怪,老女佣今天是怎么了?

接着我意外地看到,陆金牙直挺挺地跪在院子里。他脸上有几道血痕,嘴角还有一道血丝。我问他:"怎么了,又惹你爹生气了?"他看到我后,也是做出万分激动的样子,却并不回答我的话,只是跟我努嘴使眼色。

我一扭脸,看到陆虎背着手踱了过来。我问他:"怎么,陆金牙的脸上，一定是你的杰作吧？”陆虎欲言又止，终于阴沉着脸，对我的话避而不答，而是急切地说：“你可回来了，快跟我进去。”我问他：“出什么事了？”他已经扭身快步走进去了。

我心里想，现在连陆虎也这么没有规矩了，这都是外公长期生病住院的后果。如果是外公在家的日子，陆虎就算是有庭训，也会在侧院子里。一个管家，现在公然在主人的家里大耍威风，分明是杀鸡吓猴，不把主人放在眼里了。

院子里少有的安静，让我嗅出一丝异样。我想，陆虎平时不是这样呀，他是遵守外公家规矩的楷模。如果这事情不是他干的，那么唯一的解释只能是，那是外公的命令。难道是外公回来了？

我的脑子轰地一响，心想：如果真是外公回来，事情就坏了。陆金牙被罚跪在那里，十有八九是跟我有关。我想起，我已经有三个月时间没有去私立孝仁学校了，如果外公知道这事，一定饶不了我。

接着迎面两个人急匆匆走来，同我擦身而过，看到他们后，我不由得吃惊地“呀”了一声。他们闻声停下来，回过头看我。前面驼背的老者，是李朗的父亲，后面是李朗本人，哭丧着脸，垂头站在身后。李朗的父亲却不答话，只是微微点了点头，就再一次低下头，带着李朗急匆匆地走了。自从李朗接替他父亲的职务后，老人已经搬到了乡下去住，现在他怎么回来了？我越来越感到情况有异常。

绕过二门照壁，呈现在我眼前的，是排成两排站在院子里的家人们。凭着这个场面，我已经完全可以确定，我的外公是回来了。

接着，我感到自己的后背发凉。只见台阶之下，赫然摆着一把大条凳。很明显，那是为我准备的。

我还没有来得及反应，只听东屋里发出一声断喝：“架起来！”立即过来几人，把我架起，按到长条凳上。

这时，从屋内慢慢走出来一个陌生的妇人，年龄 40 岁上下，身材干瘦，腰杆却挺得很直，穿着一身男人一样的制服，甚至襟前还挂着怀表链儿。她鼻梁上架着眼镜，头发很短，脸色蜡黄，双唇紧闭，略略下垂的嘴角带着冷酷："说！这五个月时间，你都在哪里鬼混？"

老女佣颠着小脚急速地走上前，轻轻推了一下按在我肩膀上的手说："轻一点，弄痛了少爷。"对我也是一副恨铁不成钢的神色，小声说："快说吧，少爷，五个月时间呀！"

见我还在那里懵懂，女人冷声喝道："怎么？要不要别人提醒你一下？"

陆金牙开口说话了，我听出他已经跪到了我身后不远处的地方。他说："五个月前，我'撺掇'少爷一起出去玩……遇到了空袭……"

"什么？空袭？"我的脑子一下子乱了。我分明记得，是昨天早上我带陆金牙一起出门，遇到一场非常突然的雨，在陆金牙的口中，怎么变成了空袭？

陆金牙继续说："防空警报声刚刚响起，飞机就已经到我们头顶了，我们大家都吓坏了，我拉着少爷跑进'凤仪'绸缎铺里躲空袭。"

我一下子抓住了陆金牙的漏洞，笑了："陆金牙你在胡说八道了，谁会相信跑到'凤仪'绸缎铺里躲炸弹？太可笑了。如果说跑到'凤仪'绸缎铺躲一场突如其来的雨，倒是合情合理。"

陆金牙住了口，估计他已经被我抢白得脸红一阵白一阵了。但过了一会儿，他又说："少爷，五个月前那场空袭，是所有人都经历的，根本不是一场雨。"我听了一愣，不由得停住了笑。

他顿了一下，又说："跑到'凤仪'绸缎铺里躲炸弹，是很可笑，那是在当时不知所措的情况下所为。我们眼睁睁看着一颗炸弹落下，桥头一家名叫'五德'的玉器铺子顿时倒塌。"

我摇了摇头。我分明记得，在雨停之后，我跟在一群打着伞的女人的后面过了桥，还走进了那家名叫"五德"的玉器铺子。陆金牙却说"五德"玉器铺在我们跑到"凤仪"绸缎铺里躲炸弹时已经毁灭！我不明白，陆金牙为什么要这样说？

陆金牙说:“当时场面很乱,有人叫大家往桥那边跑,有人叫大家不要轻举妄动,说不到一分钟,肯定还有飞机飞回来。果然不到一分钟,飞机又飞回来了。”

我再次摇头。我记得是那个女人说,不到一分钟,肯定还有场雨下。

陆金牙说:“当时场面确实很乱,我往桥那边跑,没跑多远,飞机就呼啸着俯冲下来。一阵爆炸声过后,我看到‘凤仪’绸缎铺变成了废墟。我吓坏了,周围不见了少爷,我马上想到方才少爷可能留在‘凤仪’绸缎铺。”

我想,当时,我确实是留在“凤仪”绸缎铺,但那确实是为了躲第二场雨,而不是第二场“空袭”。

我想,这是多么可笑的一件事,他在叙述一件关于“我”的事,而在我看来,这一切却根本与“我”无关。

更何况,在他的叙述中,我似乎已经在“凤仪”绸缎铺被炸毁的时候,也一同魂归天外。那么,现在的我是谁?难道,我是一个鬼?想到这里,我不由得倒吸了一口凉气。

妇人纵横交错的细细的皱纹是那样的触目惊心

我的身后传来李朗的声音，他证实了陆金牙的话的真实性："是这样的。空袭过后，大家一起清理废墟，但不管是'五德'玉器铺子还是'凤仪'绸缎铺，都没有看到少爷的踪影。我们吓坏了，这样活不见人，死不见……不知怎么跟病中的老太爷交代。"

李朗继续说："在这五个月里，我们始终没有放弃寻找少爷。在我们百般努力下，先后从各方传来了一些好消息。两个月前，有人自称在'万国门宾馆'见到过少爷。一个月前，有人再一次见到少爷和一个女人一起走进了'万国门宾馆'。过了半个月，又有人向我们报告说，他在那里见到少爷和那个女人。但我们先后三次到那里搜寻，都是无功而返。虽然如此，但基本可以确定，少爷没有出什么事。因为除了那三次的报告者，楼里的清洁工也表示曾经见过跟少爷模样相似的人。"

听了他们的叙述，我的脑子嗡嗡地响起来。他们的叙述和我的记忆，到底哪一个是真的？昨天早上，我们出去，到"凤仪"绸缎铺躲雨，然后进"五德"玉器铺子，然后跟那个女人进"万国门宾馆"，在女人的浴室里泡澡，然后在今天早上，我已经站到了家门口。我分明感到一切都是在最多两天的时间里发生的,陆金牙怎么会说,这中间已经过了五个月时间?而且,李朗也这样说。这太让我感到莫明其妙了。

还有一个让我感到费解的事,那就是:眼前这个女人,她是谁?

于是,我挣扎着直起腰,质问那个女人:"你是谁呀?凭什么问我?"

还没等我说完,从那个妇人牙缝里挤出一声"打",几个人上来,不容分说地扒下我的裤子,噼噼啪啪打了几下。直到我安静下来。

我的脑子一团乱麻。这人是谁?从这一套做事的手法判断,明显带着外公的特点。而令我意外的是,整个过程中,外公都没有走出屋子,甚至他都没有发出一声。

这时,那个妇人对众人说了一声:"你们都退出去!"

众人齐声答道:"是!小姐。"

"小姐?"我软软地坐在地上,惊诧地盯着她,是哪家的小姐?

那个妇人下了台阶,慢慢地向我走来说:"孽子!"我看到她的眼里缓缓流下两行泪水,"你的外公,他已经去世了。"

什么?外公去世了?我的脑袋"轰"地一下,我不相信地大声喝问:"你胡说!你是谁?为什么这样说?"

"我是你的母亲呀!"妇人慢慢地俯下身来,她的脸似笑非笑地抽搐一下,我看到她脸上布满了细细的皱纹。那些纵横交错的细细的皱纹是那样的触目惊心,我的心仿佛被它咬了一口,痛得抖动一下。

"母亲?"我坐在地上,挣扎着连连后退,痛苦地说,"你胡说!"

"我是你的母亲呀!"我发现泪水流淌的时候,她面目是那样的丑陋不堪。

"不!你胡说!"我挣扎着站起来,"你不是我的母亲。"我惊惧地连连后退,保持着同这个妇人的距离,用眼神拒绝着她进一步接近我的企图,"你胡说!你不是!"

"你不是!"我一面咆哮着,一面转身向外冲出去。

我的名字叫辛夷

咣当一声，电梯停了。“十楼到了！少爷。”开电梯的杂工抬眼望了我一下，他触到的是我发红的眼睛。他吓了一跳，赶忙垂下头不再看我。

我走出电梯间，走上了幽暗的甬道。到了甬道尽头，我停下脚步，伸手推开了那道门。

房间里陈设如旧。客厅里，在一架豪华的欧式电话机的上方，她还在金色的画框中抱着胳膊微笑，那是她请人为她画的一幅肖像。地上铺着厚厚的地毯，使人踩上去悄然无声。

卧室里摆着一台硕大的留声机，从里面流淌出周璇的歌声：“好花不常开，好景不常在，愁堆解笑眉，泪洒相思带，今宵离别后，何日君再来。”她背对着我，坐在梳妆台前梳头，长发如瀑布一般，一次次从梳子中间倾泻而出。

我慢慢走近她，同时，抽了抽鼻子，疑惑地问：“你的房间里有什么味道？”

她闻言转过身子，脸上挂着笑：“那是花香，我养着十多盆花，你进客厅前没有注意到吗？”

我摇摇头："我刚才看到了过道上摆着十多盆花，但严格来说，它们只是叶子，没有一盆是开花的，甚至连个花苞也没有。"

"你肯定是看错了，你现在不妨再去看一看。"她站起来，笑吟吟地说。

我走出客厅，一幅景象展现在我眼前，摆在那里的十多盆花，每一盆都是姹紫嫣红，鲜花怒放。

我不由得大吃一惊，难道刚才真是我看错了？

当红影星周璇的歌声再一次回荡在我们周围："好花不常开，好景不常在，愁堆解笑眉，泪洒相思带，今宵离别后，何日君再来。"

"一切都是那样短暂，才聚了，又要分开。"她喃喃地说着，站起身靠近我，变得有些伤感，伸手抚摸着我的脸，悠悠地哀叹道，"你太短暂，太像一朵柔弱的花。才开放时，已枯萎了。"我偏了一下头，躲开了她的手。风把窗帘吹得飞扬起来，从窗外闪过一道强光，我忽然看到了对面的目光，看到惊异的表情凝固在她的脸上。接着，我发觉自己的手中多了一件东西，那是一支勃朗宁枪，正是表哥所丢失的那一支。我的语言冰冷得像三九寒天的冰："把你的手放下！"

"你要杀我？"她呆呆地，仿佛不相信这一切是真的。她的手僵在半空，长时间没有放下。

"你为什么骗我？"我把黑洞洞的枪口对着她，一字一顿地逼问她。

她十分吃惊，连连后退："我没过骗过你什么呀，我的名字叫辛夷。"

"可你根本不是我的母亲。"我慢慢向她逼近，冷冷地。

"我并没有说过是你的母亲呀。"辛夷的眼睛睁得大大的，眼泪汪汪的。我的脑子里立刻闪过另一副面孔，纵横交错的细细的皱纹，鼻梁上架着一副眼镜，头发很短，脸色蜡黄，双唇紧闭，略略下垂的嘴角带着冷酷。而眼前的这个女人大约20岁，肌肤白皙，柔若无骨，仿佛没有经历过一丝岁月的摧残。她不应该是我的母亲，我的母亲不会有这么年轻。一刹那，我为自己先前的可笑而感到万分气恼。

“你到底是什么人？”我问道。

“我是你的女人呀。”她的背后是窗子，窗外明晃晃的光线，让我睁不开眼。在我的眼中，她成了一个微微飘浮的轮廓。

“闭嘴！”我扣着手枪扳机的手抖得很厉害，“闭嘴！”窗外一道强光射进来，刺得我眼睛发痛。我不由得闭起了双眼，我全身颤抖得十分厉害，端着的枪几乎要脱手而出。接着，我的手剧烈地抖动了一下，一声訇然巨响过后，我的枪从手中滑出，落在了地板上。

我睁开眼睛，看到了一片殷红，看到了像风筝一样飘出窗外的那个女人。

玉坠忽然从我手中滑落

太阳即将西沉，我感到了冷。

我的背后，是一个巨大的烟囱，一缕白烟从那里冒出。再远处，是一座楼上的巨大时钟，三根表针快慢不同地行走着。我的眼前，是鳞次栉比的房子平顶、尖顶和圆顶。我在一个房顶的角落躲着，身子蜷缩，还在那里抖个不停。此前的一切，白衣女子的笑和一个身子向楼下飘去的景象，一遍一遍地在我脑中闪过，越来越不真实，就像是一场梦。

我再一次拔出了从表哥那里偷来的枪，它沉甸甸的，通体乌黑发亮，散发出淡淡的火药味，那气味让枪也变得不真实。

这是一个临街的房子，街很窄，街对面的窗子几乎触手可及。那是女孩小瘪三的房间。

傍晚时分，小瘪三从窗口探出脑袋，跟街上的人打招呼，偶一抬眼，正好同我四目相对。她吃惊地看着我，没有说话，慢慢地收回脑袋。

慢慢地，夜深人静了，驼背的更夫顺着小路慢慢走过，留下一串“梆梆梆”的声音。

我竖着耳朵，捕捉着从窗口传出的关于小瘪三的一切。小瘪三在呼吸，小瘪三在房间里走来走去，小瘪三在自己的房间里擦身子，坐在一张小凳子上，一下下往身上撩水。然后，我听到了小瘪三躺在床上哭，那是一种经过压抑的哭声，很小的声音。如果有第二个人听到的话，那个人只能是我。我笑了，在屋顶上，笑声很小，却很放肆。如果有第二个人听到的话，那个人只能是小瘪三。

我搬过来一个板子，搭在所在的屋顶和小瘪三的窗台上，慢慢地爬过去。

我扑到小瘪三身上，像狗一样疯狂地撕咬。

后来，我从小瘪三的窗口爬出。我已经筋疲力尽，把仿佛不属于自己的身子从那里拖出。我爬回到原来的屋顶，爬回到原来的角落里，就像一条死狗一样，长时间一动不动。

我感到胸前有一个凉凉的东西，摸出来，那是一块玉坠。于是一切在脑海中都变得十分真实。它拿在女人手里，红色丝线搭在女人白藕一样的小臂上。它呈蓝、白两色，白处如凝脂，蓝处似晴空。形状独特，说它是牌，比牌小些，说它是个玉坠，又有些偏大。它的芯处有一个黑斑，女人说："这玉，名叫'凝噎'，又叫'美人泪'。"女人又慢慢吟出："执手相看泪眼，竟无语凝噎。"女人的声音有些哽咽。

我再一次黯然神伤。一松手，玉坠忽然从我手中滑落，落在地上，发出"哗"的一声，如水泼在地上一般。

我呆了，脑子一团乱麻，跪在那里，伸手在地上乱摸。我摸到了无尽的夜色，还有湿漉漉的夜露。而那玉坠，却无影无踪。

面对周围无边无尽的夜色，我忍不住哭了起来。我感到自己比先前更为孤独了。

"少……爷！少……爷！"

我看到了刚刚爬上屋顶的陆金牙，他在向我招手，声嘶力竭地冲我喊着："救……命……呀！"与此同时，我看到他身后升起一片黑尘，成百上千只猫和狗呼啸着翻卷而来，黑压压的，很快就吞噬了陆金牙。接着，它们向我扑来。

我吓坏了，爬起来就逃。我没命地逃，一直逃，一直逃出自己的少年。

此时，天尽头传来悠悠的歌声：

观音姐姐她带我去世界婆娑，
纵然是千山万水她脚踩莲荷。
挥衣袖赤橙黄绿她七彩纱罗，
东逝去她无住无尽流水幻河。
三界外她不惹一丝红尘紫陌。

色即是空，观音姐姐她说空即是色，
观音姐姐她教我说阿弥陀佛。
观音姐姐我已经心猿意马走火入魔，
观音姐姐你别再说南无阿弥陀佛。

观音姐姐她引我向西天极乐，
纵然是一滴甘露她解我干渴。
情无边佛法无边她红唇烈火，
孽无穷她幻化无穷妖精娇娥。
花丛中她素手柔荑拈柳轻歌。
……

第二章　青年

薛荔是我遇到的一个陌生人

我 21 岁生日那天，薛荔向我转述了李同志的话，大致意思是说：一个成年人的标志，就是以成年人的语言说话，以成年人的头脑思维。我感觉李同志的说法很有意思。我对薛荔说，李同志的说法真是有道理。比如我吧，少年时我对乳娘口中的织女、七仙女、海螺姑娘之类，曾经是深信不疑的，因而对世界有着不切现实的想法。薛荔又对我说，李同志是认识到这一点的，他还说少年经常有幻想，由幻想而有幻觉。我说这也是有道理的，我的体验也印证了这种说法，如果不是那样的话，我就不会曾经在少年时将飞弹如矢的一场空袭，想象成一场纷纷扬扬的雨丝。

薛荔还说，人从一出生，就被一只无形的手推着，无论是过去从少年推向青年，还是将来推向中年、老年，一刻也不停歇。一切就是这样如同押解，一切就是这样不自由。认识到这一点，你就会发现，世界是多么现实，多么缺乏奇迹。薛荔说，这些也是李同志告诉她的。

说实在的，薛荔说的话我似懂非懂。可问题是，薛荔看来是喝了不少酒，她根本就不再是一个谈话的对象。谁都知道，对付一个喝醉的人，最好的办法就是随声敷衍。至于她说了什么，你用不着听懂。

就算不是这样,薛荔是复述李同志的话,她对自己的话也未必全懂,这还有什么可较真的呢。

薛荔是我遇到的一个陌生人。

那天晚上,我从外面回来,缓慢地走在黑暗的巷子里。风柔柔的,软软的,油油的,滑滑的,撩开我的衣襟,轻轻地抚摸我的肌肤。一些花在某些地方暗暗开放,浓烈的芬芳在巷子里荡漾。地面上不知落了些什么东西,薄薄地铺了一层,脚踩上去没有一点声息。我的脚无意中踢到了一个玻璃瓶子上,一股酒气弥漫在空气中。我心里想,这三更半夜的,谁把一个酒瓶放在路中间呢?这样想着,就继续往前走。没走两步,我的裤腿忽然被人扯住了,低头看去,地上隐约躺着一个女人。她用这个城市里难懂的方言对我说:“新来的房客,你把我的酒瓶踢倒了。”

那天晚上没有月亮,附近没有人也没有路灯。她的身体发出幽幽的光泽,面部却模糊一片。她的年龄应该是20岁上下,这是我的感觉。那股浓烈的花的气息,引发了我一种青春的联想。

这个躺在地上的女子操着本城的方言,那种方言从她的口里吐出,有一点缱绻、暧昧的味道,黏稠得像糖浆:“想听听李同志说的话吗?”

她好像一条蛇一样又凉又滑

这个女子就是薛荔。当然,在她自我介绍说“我叫薛荔”后,我才知道,这个人的名字叫薛荔。

浓烈的花香让我心生疑问。我在地上摸到了花瓣儿,柔柔的,湿湿的,刚从花枝上落下的样子。它们有很多,几乎铺满了我们的周围。随手一抓,就是一大把,松开手,它立即顺着指尖飞扬而去。我就在她身边席地而坐,坐在那些花瓣上面。我不知自己为什么要这样做,也许是因为那一天是我 21 岁生日,也许是因为我认为这个醉意朦胧的女子,是一个让我不用戒备的陌生人。很久以来,我都渴望能遇到一个这样的人,可以随便地跟她说一说话,轻松地跟她喝一喝酒;也许是她所转述的李同志的那番话,勾起我某种心思。那些话我虽没有全部听懂,但并不妨碍它令我无限惆怅。还好,那个瓶子里的酒还没有洒光,这让我可以在 21 岁生日那天,喝下了陌生人的瓶中残余的酒,心情也沉浸在难以自拔的深深的残余感中。

到了后半夜,空气越发潮湿。我把酒瓶往地一放,终于让自己从惆怅的情绪中摆脱出来:“喂!你不能躺在地上,这样你会生病的。”

隔了半晌,她才对我怯怯地说:“你能把我背回去吗?”

我想拉她起来,但是她好像一条蛇一样又凉又滑,才一松手,就又软软地倒了下去。无奈,我只好再一次蹲下去,搂着她的腰,把她扯起来,然后用自己的脊背把她扛住,以免她重新倒下。在我的背上,她倒是像小猫咪一样挺安静,甚至还伏在我耳边轻声问了句:“我们又在一起了。这个院子长时间荒废,经常会有一些鬼怪出没。你不要怕!遇到什么事,就喊我的名字,记住!我叫薛荔。”

按照她的指使,我背她往前走。心里想:这个陌生的女子,怎么竟然对我说“我们又在一起了”?真是喝醉了。

我所居住的地方,原来是前政府警备部的一个营地,院子很大,在大门口处有一个守门人的小房间,由于矮小,此前成为我的一个盲点。没想到薛荔竟然住在这里。

屋里很黑暗,“你这里没有油灯吗?”把她放到床上以后,我问。我想看看她长什么模样。

“电灯坏了,还没有买呢。”半晌,薛荔才懒洋洋地说。之后,不再作声,我怀疑她已经睡着了。

从薛荔家里出来,月光忽然出来了些,竟是那样的清新脱俗。我想,它如果早一点从云层里钻出来就好了。我今天背了一个女子,可连她的模样都没有看清。走在荒草中,我的脚碰到了个软物。那是一只小动物,像是受到了惊吓,在我前面乱窜一气。借助朦胧的月光,我感觉那也许是一只野兔。最后,它从一堆荒草中钻出,跑了没多远,消失在另一堆荒草中。我脑中陡然升起一个疑问:这个薛荔,我怎么从来没有在白天见过她?

我的一天,就这样过去了。在这一天里,我认识了一个没有看清模样的名叫薛荔的女子,听了几段李同志的语录,这两者都让我有种异样的感觉,并且勾起我无限心思,带给我无限惆怅。推开自己的房门,一种虚脱之感向我袭来。我脱掉衣物,甩掉这些白天里的伪装,让自己 21 岁的身体,开放在黑暗的房间里,开放在这个城市的潮湿之中。这样，我好用一个新来的房客的眼睛，细细打量着自己，打量着周围。我发现：我自己、我所在的这个房间，远处那些幢影影绰绰的鳞次栉比的高楼大厦，整个因战火而破败的城市，一切一切都是那样的陌生。

这时，我的耳边不知怎么又响起了薛荔的话："这个院子……经常会有一些鬼怪出没……遇到什么事喊我的名字，记住。"我对自己摇摇头，这世上哪有什么鬼怪？那个女子一定是喝醉了。

我悄悄地跟在那个人的后面

我那已经去世的外公曾经预言说,我的将来必有一场牢狱之灾,好像那就是我的命运,背在我的身上,再也卸不下来。现在我要说,他错了,他真的错了,其实一个人的历史是他自己创造的。我的意思是说,如果我想让自己成为一个罪犯,我完全有能力做到,但是我为了不让一个封建老古董的预言成真,我就可以成为一个让他大跌眼镜的新人。总而言之,一切全凭我做主。现在,是外公为自己的封建思想羞愧的时候了,我不但没有成为一个罪犯,恰恰相反,我以将他们绳之以法为职业。直说了吧,我是一名警察。

而且,我是一名优秀的警察。这并不是说,我从事这个职业后一帆风顺。我刚刚做警察的时候,有一次我押解一个罪犯去外地。我们的车经过一条即将干涸的大河时,车轮意外地陷进了烂泥中。蹲在车厢里的那个罪犯忽然一跃而起,跳下车子往旁边建筑群里奔跑。我不知他什么时候偷偷割断了捆绑的绳子。等我醒悟过来,想到开枪时,那家伙已经跑进一个建筑物的后面。我知道,穿过那片建筑,就是铁路。那里经常有飞驰而过的火车,如果罪犯扒上火车,就很有可能逃脱。情急之下,我忙跳下车,向他逃跑的方向追去。我听到了火车的汽笛声,发疯般地奔跑过去。一辆火车冒着青烟,呼啸而来,我感觉它就像从我头皮上碾轧而过。在火车的尾部,我看到了挂在那里的罪犯。他与我擦身而过,一双嘲弄的眼睛让我刻骨铭心。

一年后的一天,我在大街上走着,忽然再一次看到了那个人。我一眼就认出了他,原来,他一直埋在我的心里,作为我的一个耻辱,经过一年时间也没有消退。我没有声张,我想这一次我必须亲手抓住他。

为了寻找抓捕他的时机,我悄悄地跟在那个人的后面,一直跟到了旅馆。那个人闪身进了二楼的一个房间,我等了一会儿,也悄悄地走了过去。那门虚掩着,房间里静悄悄的。我的手刚触到门的时候,从门背后发出动静,那是拉枪栓的声音。我迅速收回了推门的动作,身子敏捷地躲到一旁。我庆幸自己没有贸然推门,否则身上可能已经多了一个洞。我紧张得冒出一头的汗,摸了摸自己身上,后悔今天出门时身上没有带枪。

过了 20 多分钟,房间里面仍然没有动静。有一段时间,我感到自己几乎要被击垮了。我想到了偷偷溜掉,就当一切都没有发生过。没有人会知道这件事,我仍然是一个优秀的警察,但我知道,我会从此瞧不起自己,这是问题的关键。

想到这里,我忽然冲动了起来,伸手拿起一个清洁工遗留在走廊里的拖把,身子紧贴着墙,用长柄慢慢把门推开了些。想象中的枪声并没有响起,房间里仍然静悄悄的。我再把拖把伸出去,把门推开了些。我把脑袋迅速探了一下,没有看到那个人,只有床上的被子鼓囊囊的。我走上去猛地掀开被子,那里放着两个枕头和一些杂物。那个狡猾的家伙,他又一次耍弄了我。

你是说那个一个月前死去的女人吗

在被打开的后窗,我看到了一根系在那里的绳子。

从窗口上沿绳子滑下,我环顾了一下四周,暗暗提了一口气,向对面一幢高楼追踪过去。一阵急促的脚步声在我的上面响过,我抬头,看到了他一闪而过的身影。

那个脚步声响在我的头顶,让我增添了不少信心。到达楼顶后,我看到了弥漫的大雾。迷雾中,一幢更高的楼竖在面前。我所在的这幢高楼,只能到达它的中部。我所追踪的那个人已经跳跃到它的一个台阶上,继续往上攀爬。两幢楼相距不到两米,我的信心越来越足,轻易跃过去,逐渐加快了上攀的速度。我知道快要到达楼顶了,这个家伙的末日来临了,他走上了一条不归路。

楼顶也是雾霭重重。忽然,一股凉风向我袭来,我不由得缩了一下脖子,一根铁棒裹挟着风声从我头上滑过。

我看到了那个罪犯,他手里握着一根大铁棒子,脚踩在楼顶的边缘。我想我已经不能够退缩了,一边是万丈深渊,一边是穷途末路的罪犯。他凶神恶煞一样,要做一番垂死的挣扎。我想,我们两个人必须要有一个决断。从这个高楼上掉下的,要么是我,要么是他。这是一个必然的结局,我无法退缩。

接下来的事不说也知道,经过一番殊死搏斗,我们中的一个人,去了他应该去的地方。我捍卫了一名警察的荣誉。

就在这个时候,我的上级因为工作需要,把我调到另一个城市,参与组建那里的公安机关。

接待我的是王同志,他迅速地瞥了一眼我递给他的介绍信,马上站起来,热情地握着我的手,激动地说:“陈重同志,可把你盼来了,我们这里太缺人手了。”

刚到一个新的工作环境,我唯一的任务就是熟悉情况,因此显得有些无所事事。我去拜访了一下李同志。在这个城市里,大家都很忙,但对新同志都很热心。包括李同志,他负责安顿我的生活,我的住处正是他安排的。

到了李同志工作的地方,我看到了一院子的人。他们熙熙攘攘,有男有女,有老有少,有的蹲着,有的站着,有的在来回走动。衣着也是各式各样,旗袍、大褂儿、西装、中山装不一而足。李同志站在廊下,正慷慨激昂地对着这些人大声演讲。

看到我,李同志停下来,憨憨地笑着说:“没有办法,收容站里人满为患了。这个城市里到处都是妓女、流氓、逃兵。”他全身沐浴在橘黄色的夕阳里,头上沁出细细一层汗。

我有点没话找话:“李同志水平高,说话好深刻的。”我向李同志转述了几天前从薛荔那里听到的话。

李同志有些得意:“我是曾说过那些话,随便说说的,甚至都记不清是跟谁说过了。”李同志停下手中的活儿,抬起头,“这是谁呀?还记这么清楚呀。”

我拜访李同志的目的,正是想打听一下薛荔的事。几天前的一个晚上,我把她送回了住处。可是第二天,当我路过那个矮小破败的小房子时,那里却大门紧锁。而且,以后的几天里,都是这个样子。这让我心中产生了很大的疑问。我想了想,小心翼翼地问:“我住的地方,大门口那个守门人的小房子里住的那个女子,你认识吗?”

“守门人的小房子,你是说那个一个月前死去的女人吗?”李同志继续忙开了手中的活儿,“当然认识,她是一个流浪的女酒鬼。最后死在酒上。”

“一个月前死了?你开玩笑啊,几天前我还背她回家呢!”我的脑子里闪现出那个晚上的事,不由得打了个冷战。

“呵,这么说,还有妓女阴魂不散呢。”李同志从一个石头缝里拔出一把枯竭的荒草,扔在地上,拍拍手说,“现在国家百废待兴,我们却要拿出时间对付这些旧社会的残渣余孽。”李同志又说:“这是自然的啦,因为人民扬眉吐气之日,正是这群社会的寄生虫、反动余孽惶惶不可终日之时。”

残阳似血。从大街上传来高音喇叭声:“人民政府正告一切反动分子,与人民为敌没有好下场。”我的心忽然跳得很剧烈。

我想李同志一定是想岔了。这一定是个误会,世界上怎么可能有鬼呢?

我邀请李同志在方便时去我住处,我准备到时带他去那个守门人的房间探个究竟。李同志爽快地答应了,他说,等忙过手头的事他就去。

我梦到了一个已经死去的人

这一天的白天就这样过去了。我告诉自己说,这个世界上是没有鬼的。关于薛荔,那一定是个误会。然而,到了晚上,我就对自己的这一信念产生了动摇。

我梦到了一个已经死去的人。那就是他,在大街上,作为一个死人躺在那里,又矮又胖的身材,胡子拉碴,油腻腻的脸,一道长长的刀疤斜穿过眉毛。凑近那张阴凄凄的脸,我看到了笑意。从死人脸上发出的笑意,是那样的恐怖。一股寒气自我脑后袭来,令我不由得倒退了好几步。他忽然就站到了对面,把身上挎着的一个黄帆布包往身后一甩,伸着手向我逼近,他身上散发的气味让我几乎要窒息。这个梦把我吓出了满头大汗,我惊叫着坐起来,披衣下了床,希望借助窗口的风让自己凉爽一下。

可就在这时,一个黑影从窗外闪过。虽然时间很短暂,但我还是看清了,分明就是刚才我在梦中见到的那张脸。那个,已经死去的人的脸。我站在黑暗里,半天迈不动脚步。

我反复对自己说,这绝对是一个幻觉,这个世界是没有鬼的。然后鼓起勇气,哆哆嗦嗦地划亮了一根火柴。点燃油灯后,我第一眼就看到了那个黄色的帆布包,它端端正正地摆在桌子上。我分明记得把它放在箱子里,什么时间跑到桌子上了呢?难道有人进过这个房子?带着这个疑问,我伸手打开了它。包的最上面,是一叠纸。我拿着这些纸,凑近灯光,一张一张翻看起来。

那是一封没有寄出的信。由于时间较长,字迹已经模糊了。上面记叙了一个男人和他的女同事之间发生的尴尬事。这个女同事是个工作狂,生活细节上很不讲究。那是一个炎热的夏天,他走进办公室,看到她正趴在桌前。他第一个念头就是,她身体可能不舒服,应该对她进行一番同志般的关心。走近后,才知道她趴在那里睡着了。无意中,他的目光穿越她的短袖口,接触到了一个白皙坚挺的部位。那一天,他慌乱地移开目光,慌乱地逃开了。

一天后,她隔着办公桌递给他一件公文,为了便于探讨,她来到他的身后。这个过程中,她偶尔一俯身,那个部位触在他的肩头上。虽然碰触十分短暂,但却给了他触电般的感受。这是在那个景象引起的心神不宁还没有完全平息的时候,她又带给他触觉上的感受。

紧接着,更加惊心动魄的事情发生了。一天下班后,他因故去了一趟办公室,风风火火推门而入,却迎面撞上她的裸体。她正蹲在地上,用一盆水擦身子。虽然他立即把身子缩回,并且迅速带上门离开,但那身体长久留在他的脑海里。对于异性的身体他并不陌生,但这个身体却仿佛由全新的形状和色泽构成,带给他对异性的一种全新的认识。

这是陈重——也就是我,写给妻子的一封信,它字里行间的复杂心态和强烈的负罪感,也许是一封永远不可能寄出的信。

是谁在用陈重的口吻写信

它的下面，是第二封信。

这封信的内容和那个逃犯有关，记叙了第一次在汽车车厢中，那个人是如何逃脱的，然后在铁道旁，他又是如何眼睁睁地看着那个人离开的。罪犯发生了逃亡，而作为押解人员却毫发未损，这是难辞其责的。轻则是对组织反复不休地说明情况，重则有可能会背负上终生难卸的黑锅。相反，如果押解人员英勇负伤，情况就大为不同。一伤遮百丑，一伤胜过千言万语。于是……这是为了自己在政治上能够不受影响，迫不得已做出的一件欺骗组织的事情。当然冤有头债有主，这个账，应该算在逃犯的身上。

这封信的内容，也是同样只能作为自我的倾诉，也是一封永远不可能寄出的信。

让我意外的是，这封信的后面，还有一封信。

我一眼就看到了那个落款，不由得大吃一惊，那封信上标明的书写时间是我到达这个城市之后。来到这个城市后，我根本没有写过什么信。这怎么可能，难道，有人在替我写信？

再去看信的内容，不由得惊出一身冷汗。那封信里记叙了警察和逃犯在楼顶上搏斗的情形。然而,在叙述中,事件是向另一个方向发展的。那次搏斗中,逃犯由于躲避警察的进攻,身子一歪,一只脚踩在台阶外面。就在逃犯即将掉下去的瞬间,警察一把抓住了他。为了不让逃犯掉下去,警察双脚勾在一根排烟管上。下面虽然大雾弥漫,但谁都清楚坠下去后果如何。他完全有理由任由罪犯坠落,一个犯罪分子的生命值不了多少钱。但是他却没有这样做,为了挽救一个罪犯的生命他一直做到精疲力竭。然而逃犯刚刚站稳身子,却向救他的人施以毒手,这就是那个怜悯犯罪分子的警察所得到的。

就是说,最终坠下高楼的是警察,而站在楼顶上的是逃犯。

看到这里,我感到脑后一阵寒意袭来,有一种撞见鬼的感觉。这到底是怎么回事?首先,这封信肯定不是我写的。那么,是谁在用陈重的口吻写信?这个人为什么要利用写信的形式来进行恶意中伤?分明坠下的是那个逃犯,为什么却说是警察?这当然是恶意中伤啦。如果坠下高楼的是警察,那我是谁?我为什么会站在这里,难道我是一个鬼?但是,警察与逃犯在楼顶搏斗这件事是怎么被他知道的?当时,并没有第三个人在场,这个人是凭什么认定发生过这件事,从而把它写进信里?这封信又是怎么出现在这里的?这个黄帆布包一直在箱子里,怎么会突然出现在桌子上?别人怎么会知道那里放着几封没有寄出的信,又在不知不觉的情况下,把这封信放进这一堆信里面?除非这个世界上真的有鬼,否则所有这些疑问都无法解释。

我不敢多想了,赶忙把这些信都收回包里,又赶忙将包重新锁进箱子里去。仿佛不如此,就会从那里跳出一个厉鬼来。

我忽然想起,几天前,那个名叫薛荔的女子说过的一句话。我的嘴里"薛荔"两个字几乎要冲口而出了,但我还是忍住了。

我想李同志如果明天来我这里,我一定要他陪着在周围好好搜查一遍,这个院子太邪了。

月亮如白色幽灵一般一闪即逝

李同志第二天没有来,第三天也没有来。我有些疑惑:难道他就那么忙?

第四天天快黑了,我才从外面回来,走到门口时,忽然看到地上扔着一个空酒瓶。我蹲下来,把它拿在手中抚摸着。凭手感,我认定是那天晚上薛荔的酒瓶。我认为这是薛荔存在的证据。

最近连续几天,我都不能安然入睡。每到夜深人静,我会三番五次地从床上坐起来,惊悸地环顾四周,直到证实周围没有什么异常,才重新躺下。这样折腾若干次后,一个感觉在我的脑海中越来越强烈。那就是,有一个我看不见的东西存在于这个房间里。极端恐惧的时候,我甚至想叫出那个"薛荔"的名字。最后我还是没有叫出来,因为我马上意识到那是十分可笑的。

桌子是我最心存恐惧的地方。我的目光总是对那里躲躲闪闪,生怕在那里同某种恐怖发生遭遇。

就在第四天夜里,当我第四次从床上惊坐起来时,我忽然明白,最让我紧张的,其实不是桌子,而是那个黄帆布包。那个黄帆布包已经被我压进了箱子的底层,但现在它是否还在箱子里,我的心里却一点儿底也没有。

我是没有胆子打开箱子去证实的。打开箱子,如果它不在那里,固然是一件令人恐惧的事,但如果它赫然在那里,情况又有什么好转呢?我所期望的,就是只要它不像曾经那样出现在桌子上。我对那桌子的恐惧根源就在于此。我隐隐感到,有一天那个黄帆布包会从箱子里跳出来,再次端端正正地摆在桌子上。

这是一个没有月亮的夜,桌子附近是全屋最黑暗的所在。在天黑之前,我是看过桌面的,那里一无所有。但现在,那里充满了悬疑。我必须再次用眼睛对它加以证实,否则我无法说服自己躺到床上。我鼓起勇气把眼睛凑上去,努力去看清它。

随之,我的心如触电般紧缩一下:那个黄帆布包,就摆在桌子上。一个星期前,整个院子的电路发生了故障,在夜里只能使用煤油灯来照明。我努力抑制住恐慌,动手点燃了煤油灯。我没有看错,那个黄帆布包就摆在桌子上。我感觉自己几乎要叫出来了。

尽管我已经知道接下来会发生什么事,但我还是不自觉地打开了黄帆布包。我看到,原来放在包里的信不见了。虽然,有一张写满了字的纸占据了原来的位置,但那不是原来的信。拿着那张纸,凑近灯光,我的手再一次颤抖起来。原来,那是一封新写的信。

那封信中,还是固执地认定陈重已经坠下高楼。不但如此,还说他现在已经成为了一个幽魂。信中详细地描述了地狱的情景,说那里阴风凄凄,哭声连片,那里的幽魂不分贫富贵贱或男女老少,每人身边都伴着一个狰狞恐怖的厉鬼。成为一个幽魂后,陈重受尽酷刑。首先是“吊舌”,绑住幽魂的舌头,吊在半空中,一个时辰后,舌头已经有一尺多长了。看到这里,我的脑子里立即嗡嗡作响,眼前仿佛出现了受刑人的样子。我感觉到自己口腔中的舌头也即将冲撞而出。

接下来,陈重又受到油炸、车裂等酷刑。每经受一种酷刑,他都会说:把我推到楼下面来的那个人,我绝不放过他。这样的句子,全文还有好几处。那些句子好像一把刀子,每出现一次,我的后脊梁都好像被它划了一下。

信中写道,陈重在地狱里不堪酷刑,对推他到楼下面的那个人的恨与日俱增。天天盘算着如何逃出苦狱,如何对害他的人实施报复。他想办法买通了两个厉鬼,厉鬼告诉他,一个月后,一对牛头马面即将押解他去鬼门关,途经奈河桥,是逃跑的最好机会。具体日子是5月24日。

5月24日?我对这个日子不禁狐疑起来。

我的目光不由得瞥了一眼墙上的日历,心不由得紧缩一下。信中所说的逃跑日子就是今天,5月24日!我顿时感到头发都要竖起来了。

信中继续写道:5月24日,只有当下面的情景出现时,逃跑计划才有可能实现。那就是:午夜时分,月亮从云层冲出,照得牛头马面的眼睛短暂失明。

看到这里,我迅速丢下信,冲向窗边向外张望,天空仿佛被一块大黑布罩得严严实实,这让我略略放下心来。

不过那块黑布在被撕扯着、争夺着,我的心也变得紧绷绷的,躁动不安,仿佛随时都有断裂开的危险。

大约半个时辰后,我察觉到一些云层开始变薄,并且出现了断片,我紧张的心提到了嗓子眼儿,暗暗地祈祷上苍,千万不要让月亮出来。我绝望地想,如果这个时候,叫出那个"薜荔"的名字,可以让恐怖退去的话,我就立即叫出来。

就在这时,皎洁的月亮,冰冷的如白色幽灵一般一闪即逝。看到这个恐怖的景象,我惊恐地大叫一声。我崩溃了,准备躲到房间的一个角落里。

忽然,我的耳边响起一个阴森森的声音:"嘿嘿,我已经逃出来了。"

一瞬间,我嗅到了一股血腥的气息。面对着无尽的黑暗,我狂暴地喊起来:"好吧,你来吧!我承认,我不是那个叫作陈重的警察,我是那个逃犯。"

这个世界的严酷和荒谬是不可改变的

是的，我是一个冒名顶替者。

我不是那个叫作陈重的警察，而是那个逃犯。

门被推开了，紧跟在黑洞洞的枪口后面，走进来一个人。

看到他，我有说不出的失望和沮丧。他又矮又胖，胡子拉碴，脸上还有一个刀疤，无论从哪个角度看，他都不具备一个优秀的警察的形象。但这就是现实，只要世界上存在着这个人，我就不能成为那个优秀的警察陈重，必须回归到逃犯的身份。那是20多年前我的外公认定的身份，在经受牢狱之苦前，被人追捕的逃犯的身份。尽管我是那样的高大魁梧，仪表堂堂。现实就是这样严酷和荒谬，陈重没有死，是楼壁上几道旁逸斜出的篷布将他拦住，送他到了一个阳台上。从而让世界继续严酷和荒谬。

是的，我曾经以为自己可以改变这严酷和荒谬。就在陈重坠下高楼后，我辗转下到地面，寻找他的下落时，发现世界上已经没有了陈重这个人。一个人就这样消失了，在他坠下去之前，只在楼顶上留下一个黄帆布包。从那个包里，掉出一张“调动命令书”。它在我眼前闪过一道亮光。然而，这道亮光只亮了10多天。然后，我明白，这个世界的严酷和荒谬是不可改变的。

“你知道吗？就在你冒充我的10多天里，我落进十多个黑帮分子躲藏的房间，在他们手中我过着地狱一般的生活。”陈重把所有对我的愤恨都聚集在一只脚上，狠狠地踢向我。

我身子向后倒下，重重地撞在墙上。陈重走上前来，用一支枪抵在我的脑袋上。我“嘿嘿”笑了：“这是我的比利时造勃朗宁手枪。”腥甜的液体顺着我的嘴角流出，我无赖地笑着：“动手哇！警察大人，你为什么不动手？”

说完这句话后，我又一次“嘿嘿”地笑了，我明白自己那天晚上为什么会梦到他了。原来当时他就潜伏在屋里，他身上的气味飘入我的鼻子，由此引发了我的梦。肯定是这样了，否则我是不会无缘无故梦到那个人的。

他潜伏在屋里，是为了拿回包里的几封信。在动手之前，他必须偷偷拿回它们。那些信对他很不利。他不能贸然对我动手，是害怕逼急了我会做困兽之斗，把那些信公之于众。

“为了那些信，你偷偷潜入我的房间。”我越来越对自己的判断充满信心。肯定是那样啦！找到那个包后，他看到里面的信完整无缺，就放下心来。他把包放在桌子上，坐下来稍作休息，顺手又从衣兜里把一封新写的信放了进去。就在这时，他看到我走进房间，慌忙之下，他躲进一个角落里。

这就是那个包跑到桌子上，而且又多出一封信的原因。

那一夜我整宿没睡，使他没有下手的机会。但是躲在那个角落里时，他看到了我的恐惧。

“第二天，你转移了那些信。”陈重又凑近些，让我看到他一脸的不快活，“你做得很巧妙，我一点也没有察觉。”

是的，就在我在两封信的下面发现一封新的信的时候，第一个念头就是把早先的两封信揣进怀里。也许是我动手太早了些，出乎他的意料，所以他完全没有察觉。

肯定是这样啦！直到天亮后我走出屋子，他才从那个角落里探出身子。他首先冲向了那个箱子，找到那个包并且打开它。接着他发现，那些信已经没有了踪影。

他想到了利用我的恐惧。于是几天后，他写了一封新的信，企图给我制造心理的恐惧，从而迫使我说出信的下落。虽然几道旁逸斜出的篷布救下他的性命，但他随即却落入在那里躲藏的黑帮手中，过着生不如死的生活。直到有一天，黑帮头子想起那支比利时造勃朗宁手枪的真正主人，他的谎言救了他一命，原来黑帮头子是我的朋友。他所编造的那个故事博得了黑帮头子的信任，由此对他放松了看管，他才得机会跑了出来。那封信的内容，其实就是那十多天的心理感受。

他的身子立即矮了下来，脸上带着又像哭又像笑的表情："你到底把那些信放到哪里了？"

"你就放心好了。它们在一个安全的地方。"我笑着说，"如果那些信在我手里，那么我就是安全的。"

听到我的这些话，他深深地叹了一口气。"你的比利时造勃朗宁手枪救了我一命，我是心里有数的。"他俯下身子，像个认错的孩子，"你是一个真正的男人，因为你浑身上下充满了野性。虽然我以不遗余力追捕你为己任，但内心，还是有着对你的赏识。对于你 10 多天冒充我，我并没有感到有什么污辱。"他对自己刚才的粗暴表示歉意，"你应该理解我，如果你落在帮会手中，被他们折磨 10 多天，你会怎么做？"

面对他的诚恳，我也说出心里话："说真的，你也是我一生中最敬重的对手。对于冒充你，我也同样没有感觉到污辱。我不恨你，此时此刻我最恨的人，是我外公。"我倒在墙角处，蜷着身子痛苦地呻吟。但我还是对他说："但是，你不要对我这么憨憨地笑。你不知道，你笑起来的样子有多难看。"

陈重没有再说话，他把比利时造勃朗宁手枪扔在地上，转身走了出去。我躺在地上，望着他越来越远的身影，吃惊地说不出一句话来。

然而，就在我伸出手拿过那只勃朗宁手枪时，却忽然感到，一种危险在向我逼近。

一股更加浓烈的血腥味向我涌来

我的确是嗅到了一股危险的味道。

也许是那枪引发了我的这种感觉。当我把它拿在手中时，它的身上散发着一股火药味儿。这说明，它不久前曾经被人使用过。但是，这血腥的气味从哪里来？

我挣扎着想坐起来。我必须马上离开这座房子，否则，危险随时可能发生。但随即，我痛苦地咧着嘴倒在地上，心里狠狠地骂着陈重，那个家伙下手可够狠的。过了一会儿，我再次挪动了几下，咬着牙靠墙坐了起来，把枪别在后腰上。随着时间的流逝，疼痛感在一点一点减弱。我想，最迟到天亮，我必须永远离开这个城市。

我想到了那几封信。事实证明，我及时地转移了那些信，这种处理方法是正确的，否则，后果将不堪设想。那些信果然使陈重投鼠忌器，使他不敢轻易向我下手。不然的话，就无法解释他为什么会放过我。按照他的解释，是我的做帮会的朋友李胖子对他有过一番照顾，但鬼才相信这种骗小孩子的话。肯定是和那些信有关了，只要它不落在陈重手里，我也许就是安全的。也许，陈重刚才的离开，是希望和我达成某种默契，只要我不公开那些信，他就不会向我下手。这样看来，我和他的那一番较量，应该不算是失败了。

我环顾着四周，想象着陈重趁我不在时怎样溜进来，怎样在这个房子翻箱倒柜，怎样在一无所获后在那里暴跳如雷。他又气又无奈的样子肯定很是滑稽。想到这里，我差一点儿乐出声来。

我的眼光投向那个箱子。屋子里光线很暗，我看不清它的样子。此前，我总感到那个箱子里有某种令我恐惧的事情，一次次抑制住了动手打开它的欲望。按理说，现在我不应该再有这种感觉了，但是事实并不是这样，一种异样的感觉仍然挥之不去。

身上的疼痛又减弱了些，我终于慢慢地站了起来，摸索着点燃了小油灯，再一次把目光投向了箱子。屋里亮了起来，那里异样的气氛也减弱了些。箱子上挂着锁，伪装成无人动过的样子，应该是陈重故弄玄虚的结果。我心念一动，倒想看看里面被陈重搞成什么样子了。

手接触到锁时，忽然又有了一个不好的感觉。先前的那种危险的味道又出现了。我犹豫了一下，还是打开了它。

几乎在掀开箱盖的同时，我发出一声惊悚的尖叫，身子触电般地向后缩去，手一松，箱子盖“哐”地落下来，盖在箱子上。

我站在那里愣了好一会儿，那景象还是历历在目。我相信自己没有看错，我在那里看到一张人的脸。

我暗暗吸了一口气，再次走过去掀开箱盖。虽然已经有了充分的准备，但我还是被那个景象再一次吓着了。

那是李同志，他被人蜷着身子塞进箱子里。我蹲了下来，仔细地盯着李同志。原来他已经来了，没有遇到我，却无意中看到了另外一桩什么事，因此送了性命。李同志大睁着双眼，为自己以这种屈辱的姿势离开人世感到愤怒。一直萦绕在我周围的味道重新强烈起来，我渐渐嗅出了那是一种阴谋的味道，来自窗外一双冷酷的眼睛。我猛地伸手打灭了煤油灯，同时向窗口处冲过去。然而就在即将靠近窗口时，我忽然察觉到一种危险在向我袭来。我心念一闪，身子向后猛地一仰，硬生生地让自己倒下去。与此同时，窗口处发出玻璃破碎的刺耳的声音，一颗子弹呼啸着从我的上方划过。

脊背一阵刺痛，我抽抽鼻子，怀疑是刚才摔在地上的煤油灯的碎片刺入了那里。这种情况下，我已经顾不了许多，一个翻滚，到了窗下的墙角处。屋里重新恢复到黑暗中。我紧靠着墙蹲下来，瞪着眼睛用力地看着对面，仿佛已经看到了墙上那个弹洞。

我知道这里面的阴谋了，只要李同志死在我的屋里，有人就可以理由充分地随时击毙我。

刚才，我看到了在不远处晃动的黑影，他们有五六个人。我想我必须立即离开这里，不然只有死路一条。

我再一次抽抽鼻子，流淌在地上的煤油的味道弥漫在周围的空气中。这气味提醒了我。于是我在屋子里快速地爬来爬去，去寻找一些工具。对于那些工具放置的地方，我是十分熟悉的，因此不一会儿，我的面前就多了一个盛满煤油的瓶子、几块砖头、一条床单，它们就是我所需要的工具。

一切准备就绪，我把打成结浸了煤油的半条床单用火点着，扔向离门口最远的那个角落，就在火光升起来的同时，我操起一块砖头扔向窗子。窗子那里发出玻璃破裂的声音，立即招来了几颗呼啸的子弹。这时我已经站了起来，定了一下神，随即奋力扔出第二块砖头。与上一块不同的是，这块砖头包在浸着煤油的床单里，燃着后挟着火焰在空中划出一道白色的弧线，向那几条黑影飞过去。在它还没有落下时，我的下一个动作已经做出了。我矮下身子，向门口冲过去。

我快速地向前爬着，极力要远离那个屋子。我感到身后，屋里的火苗已经升起来了。一股更加浓烈的血腥味向我涌来，压得我几乎要窒息。

一声呼啸划破夜空，跟我刚才扔出去的砖块的声音有几分相似。我明白，那肯定不是砖块。我心里一急，身子连翻几滚，爬起来，又奋力向外扑出去。火光在我身后升起，随之，伴着一声巨大的轰响。

我知道了，那是陈重他们扔出了一颗手榴弹，它在我的屋子里炸响了。

好在这个城市里可躲藏的地方很多

20天后，一个清晨。

江边的小树林里，几缕淡淡的晨雾萦绕其间。三三两两的人们分散在林子的各处，有的在遛鸟，有的在做晨练。那个老人，和20多天前一样，在那里专心地打着太极拳，白鹤亮翅，野马分鬃，一招一式做得有板有眼。他穿着黑色对襟短衫，鼻梁上架着珐琅眼镜，长髯飘飘，给我印象很深。这20多天中，我隔三差五会来到这里，为的就是能遇到他。看来，他并没有如我怀疑的那样，黄鹤一去不复返，消失在白云空气之中。

20多天前的一天早晨，这里发生了一个小小的治安案件。一个在江边流浪的小蟊贼，趁老者不备，偷拿了他挂在树杈上的皮包。在众人的捉拿声中，小蟊贼夺路而逃，阴差阳错地撞到恰巧在附近溜达的我的身上，我毫不费力地就行使了警察的职权。小蟊贼虽然逃脱，但那个包被我夺回了，交还给了老者。老者当时对我千恩万谢，还曾热情地邀请我去他家做客。

30多天前，我躺在床上怎么也睡不着，愣愣地盯着房顶。我住的房子，墙和房顶的夹角处有一圈突出的台子，感觉那里有什么东西。

我终于忍不住搬来一把梯子爬了上去，果然，我在那里发现一只木匣子。打开木匣子，里面有一本书，一本发黄的古书。书装订得十分奇怪，前一部分是“蝴蝶装”，中间部分又成了“包背装”，到后面，又成了“奏折装”。更奇怪的是文字，每一个都奇形怪状，像是团成团儿的毛线，既不似甲骨文，又不似西洋文字。当时我犹豫了片刻，又把它放回原处。既然有人把它藏在房梁上，必是有原因的，我想在一切搞清楚之前，还是不要轻举妄动的好。

那以后的几天里，我几乎忘掉了那本书的事。然而，到了我在包里发现几封信的那一天，为了神不知鬼不觉地把它转移出去，我忽然想起了那本书。

那天，就在从小蟊贼手中夺过老者的包时，我快速地把那本书塞了进去。那本书，既然有人把它藏在房梁上，一定是十分珍贵了。老人是识字的，我相信他是不会随随便便扔掉一本书的，一定会珍藏起来，想办法破译它。

那几封信就藏在书的“包背装”部分的夹层里。

从自己的房间里逃出后，这 20 多天里，我并没有离开这个城市，我很清楚，这个时候自己是出不了城的。他们肯定已经把所有出城的路都堵上了，连一只苍蝇都别想飞出去。好在这个城市里可躲藏的地方很多。我在电车公司的一辆报废的电车里躲避了 3 天，又在一个纺织工厂的库房里躲了 5 天，后来又藏在一个机械制造厂的阁楼里。相信只要挨过一二十天，他们也许会渐渐放松警戒，那样我就可以抽空溜出去了。我像一只惊觉的兔子，只有晚上才会出来寻找一些食物。那些天里，我常常想到那些信，我认为重新找回它们或许对我并没有坏处。那东西不一定就可以成为我的护身符，但重要的是它们不能落在陈重的手中，不然他就可以无所顾忌地向我下手了。

大约半个小时后，老人的太极拳终于到了收势，双手虚抱，气归丹田。然后，他摘下挂在树杈上的皮包，慢慢悠悠地离开了小树林。这是一个经过战争洗礼的城市,但各处人们的情绪很高涨。老人兴致很高,去了百货公司,很多货物他都问一问价格,又到药铺买了几片西药。路过学校时,他也停下来瞧一会儿热闹。后来,老人似乎忽然意识到了什么,停下来向我这个方向张望。我也忙止住步子,把身子扭到一旁,假装欣赏路边的霓虹灯。一转眼,发现老人不见了。

就在这时,我听到了身后一串车喇叭声,扭头一看,一辆卡车从后面开过来。这种绿篷卡车十有八九是警察或军人所乘坐,对于这样两类人,我想自己还是躲开为好。这样想着,就低下头紧走两步,混入旁边的人群中。这个城市里像我这样的乞丐很多,根本不会引起别人的注意。

车从我旁边经过时,我偶一抬头,看到了站在车厢里的一男一女两个熟悉的身影。那两个人像是无意识地扭了一下头,正好同我的目光相遇。我愣了一下,正在脑子里搜索这两个人是谁时,这两个人已经做出一个出乎我意料的举动,同时指着我站立的方向哇哇大叫起来。

卡车戛然停下,两个持枪的军人跳下车来,向我这边追过来。我对着那两个人的方向恶狠狠地咒骂了一句,转身跑向不远处的一个巷子口。

没跑几步,见前面有一幢四层小楼,我拱身进去。进去后,才发现那是一家报馆。几个大房间里,摆满了桌子,很多人在忙碌着,谁也不瞧我一眼。我趁人不备,躲到一个柜子后面。

忽然,我听到外面有人说:"进去瞧瞧,说不定藏在里面。"我看到两个军人,他们就站在离我不远的地方,只要一转身就会看到我。但他们却没有那样做,站了一会儿就离开了。

不远处的一张黑色办公桌上,放着一张刚刚送来的样报。报纸大标题上"薛荔同志……"的字样闯入我的眼帘。我不觉一愣,立即想到那天醉躺在地上又被我背着送回守门人房间的女子。她的名字,就叫薛荔。难道报上说的人就是她?

一股若有若无的香气向我飘来

直到天黑，我才敢从柜子后面探出身子，心里还在不住地咒骂着那一男一女。因为被那两个人这一搅和，不仅使好不容易等到的那个老人脱离了视线，而且使我20多天来煞费苦心迷惑搜捕者的努力宣告白费。今后，他们会进一步加紧对我的搜捕。

正在沮丧之时，一个老人的背影，忽然在前面的巷道里一闪而过。我没想到天底下有这样巧的事情，那个老者竟然又进入我的视线里，我不禁又惊又喜。

天黑后，我悄悄来到老者所走进的楼房门口，轻轻一推，那门竟然没有关，无声无息地开了。楼梯口，一个人默不作声地站着，脸僵僵地。我凝神一看，不由得大吃一惊。竟然是李同志，他铁青着脸说："我死了。"

我不禁后退一步，哆嗦着说："这与我无关，我是被人陷害了。"李同志摇了摇头，没有作声，离开了。我揉揉眼，通向二楼的铁门紧锁，那是刚才李同志站的地方。我知道了，刚才是幻觉。我更加相信，李同志一定是窥破了陈重的什么秘密，才送掉性命的。

通向后院的小门倒是开着，那里有着微弱的灯光。寻着灯光走去，一股若有若无的香气向我飘来，院子周围栽满了月季，一朵朵迎空怒放，颤巍巍地浮现在夜色中。它们是那样娇艳欲滴、勾魂摄魄，一瞬间我仿佛也清秀脱俗起来，由这香气缓缓地沁入心脾，情不自禁地发出一声惊叹。

也许是我发出的动静惊动了屋内的人，他走出来，出尘飘逸得像仙人一样，站在门口向外张望。等看清了是我，热情地走过来拱着手，笑呵呵地说："原来是陈同志大驾光临，蓬荜生辉呀。"

我尴尬地对着他，嗫嚅着说："我从这里经过，顺便进来拜访一下老先生。"

正在这时，身后忽然响起银铃般的声音："爹，我送饭来了。"花影摇动，从门口影影绰绰走进来一个人，看身形，像是一个20多岁的姑娘，声音轻快地对她爹说："来客人了?"然后，又向我打招呼："你好，我叫薛荔，我们又见面了。那天晚上真出丑！多亏了你。"

一听到薛荔这个名字，我不由得眼睛一亮，恍然大悟地笑起来："嘿，原来那天晚上是你呀！"

虽是打过交道，但上一次，我连她的模样都没见到。我朝薛荔望过去，想看看她究竟长什么样子。谁知一看之下，我不由得愣了，瞪大了眼睛，呆呆地说不出话来。

天底下竟然有一模一样的人

如果有人问我，世界上有没有因美丽而产生的恐怖，我会告诉他，答案是肯定的！这个晚上我就感受到了美丽的恐怖。

薛荔带着一股馨香飘了进来，这是她第三次走进来。

老者所在的地方是报馆的印刷工厂，他是夜班的值班工人。天色晚了，我在对面一个印刷车间里打地铺。这个房子里摆放着手扳架铅印机、自来墨印机、半张纸手摇印版机、脚踏架印机及对开印版机等，彩印机品种有落铅皮打样机和小落石架印刷机等。此外，还有一些手摇铸字机、三面切书机、裁纸机、铁丝订书机、脚踏打洞机、烫金字机、刨铅字机和名片机等。自从我答应在这里下榻，薛荔就开始忙里忙外地替我布置住处。

对于这个女子，我怀着一种复杂的心情。她不在眼前时，我特别想看到她；可当她站在我对面时，我却希望她快点离开。她的一双眼睛大而清澈，是我最不敢面对的。看到她，就有一种莫名的恐惧自心里升起。我不知道自己的恐惧为何来，也许是因为这个薛荔，她让我想起某个人，激发了我对某件事的回忆。

当她再一次走来时，我强迫自己抬起头。我想认认真真看清那个令我恐惧的东西。然而我还是迅速躲开了,那种恐惧是我所承受不了的。只有当她转过身跪在那里忙碌着替我铺草垫子时,我才能盯着她的后背出神。我想这恐惧如果真有一个来处,那么它一定来自我心灵的最深处。

我再一次暗自感叹:天底下竟然有一模一样的人。如果不是上天造人时出现了错误,那就是我的记忆出现了错误,毕竟那是十多年前的记忆。

她快速地替我铺完了床,转过身,笑吟吟地对我说:"需要什么,你尽管说。"

我再一次暗自感叹了:她竟然那么像一个我十多年前见到的女人,甚至她们之间都不可以用"像"来形容,她们比"像"更"像",就算是10多年前的那个女人现在站在我眼前,她也青春不再了,因为我们都活在时间中。如果不是亲眼所见,我真不敢相信,世界上竟然有这样的事。

"你叫什么名字来着?瞧我这记性。"我慌乱地没话找话说。

"我的名字叫薛荔。"她的眼睛带着某种笑意,又带着某种忧伤。

其实,我就是希望听到她说这样的话。只有她对我说了这样的话,才可以帮助我克服恐惧。

"哦,薛荔。请你出去吧。"我的脸色忽然冷得像铁,"我不需要你的帮助了,明天见!"

她的眼睛在灯光下更亮了,越来越亮了,亮到极致时,滚出一颗晶莹的珠子,那是一大颗眼泪,滴在地上。

我疑惑地问:"你哭了?"

她立即否认道:"不是的,我的眼里进了沙子。"她躲开了我的目光,转身走了出去。不一会儿,她的身影融入月季花丛中。

半夜,我忽然从一个噩梦中醒来。

坐在床上,我想明白了两件事:一是这么多年来,我一直强迫自己忘掉一些事;二是我竟是这么容易受到伤害,我的内心竟是这样伤痕累累。

我心里忽然充满了怨气。我立即想到的是,这是一个阴谋。

但紧接着我又想:如果这里面真的有阴谋的话,那么阴谋的操纵者只有他。因为只有他知道,在我坚硬的外壳下面,有一些极其脆弱的东西;只有他知道,外表的凶恶,在我只是一种防御,为的是极力掩饰那个脆弱的部分。只有他可以轻易地打垮我,只要用一张美丽的面孔,只要用一只纤纤玉手,就可以揭开那藏在心底的伤疤,让它重新鲜血淋漓。我现在终于知道,是谁在跟我过不去了,他的名字是三个字:老——天——爷。

只有他知道,那是我内心的一种恐惧。

她的眼睛很大很美带着某种忧伤

躺了好久，还是难以入睡。我决定出去走一走。院子里疏影横斜，暗香浮动，给我一种梦一样的感觉。我意外地发现，一个房间里还亮着灯。

透过窗户缝儿，我看到了老人。他穿着一套工人的蓝布衣服，在那里对付着一台烫金字机。他的前面燃着一个火盆。过了一会儿，老者的手离开烫金字机，凑到火盆前，借助它的光，我看到一个东西。我的目光立即被他手上捧着的东西吸引，那是我所要寻找的那本古书。

老人捧着它，嘴里发出嘟嘟囔囔的声音。这个过程中，老人鼻梁上架着的一副珐琅眼镜摇摇欲坠，颌下长长的山羊胡子微微抖动。天哪，难道他竟然认识那些奇形怪状的字？我似乎不相信自己的眼睛。凝神细听，只听老者缓缓读出的是："幻不自有，必依于真……"

老人的声音缥缈，仿佛自天边传来。我的心突地一颤：美丽的梦幻真的是无根的吗？真的是从我的丑恶中生长出来的吗？就像那些月季花，必须从土壤里生长出来？我的眼前，一个白衣女人倒退着飘出窗子，飘向空中，像一朵花一样飘着，一瓣一瓣散开。

"我的名字叫薛荔。"她的眼睛很大很美，带着某种忧伤。

天际处又传来老人的声音:“如无真者,幻觉是谁?”

难道真是这样?丑恶的我来到这个世界上,是为了看到一些美丽的幻象?一个女人用发颤的声音,动情地对我说:“我终于找到你了,你就是我的男人。”我被她抱在怀里。她是很美丽的,低头的瞬间,一头长发如瀑布般倾泻而下。她静静地看着我,眼睛很大,瞳仁乌黑发亮,如缀在夜幕上的星星。

“我的名字叫薛荔。”她的眼睛很大很美,带着某种忧伤。

“泯此觉相,幻复何有?”老人沧桑的声音又高起来。

难道,只要我的丑恶土崩瓦解,那美丽的幻象就会烟消云散?

我穿过码得整整齐齐的绸缎,红的绸缎,绿的绸缎,黄的绸缎,柔柔地滑过我的臂膀,绸缎铺里樟脑丸的味道悠悠地进入我的鼻腔。穿过瓷器的世界,一个宽阔的空间呈现在眼前。尽头,有一张白色的桌子、两把白色的椅子,一个白衣女人独自在那里,安详地坐着。她缓缓地转向我,眼睛里闪过一道光亮,柔柔地向我开口说道:“小男人,来呀!”

“我的名字叫薛荔。”她的眼睛很大很美,带着某种忧伤。

“已有此觉,幻象斯起……”还是那老人的声音,好像一条长长的带子,在我身上绕了一匝又一匝。

难道正是因为有我这丑恶的河床,美丽的幻象之水才潺潺流淌?

我慢慢地坐下,坐到她的对面。我看到了她的一双大眼睛,瞳仁乌黑油亮。不,那瞳仁并不是乌黑油亮,它正在变成蓝色。那是一种湖水的颜色,并且波光粼粼。

“我的名字叫薛荔。”她的眼睛很大很美,带着某种忧伤。

“此能觉者,是名真我。”那个带子越来越紧,束在我的身上,几乎使我透不过气来。

难道是美丽的幻象落实了我的丑恶,美丽的幻象安妥了我的丑恶?

红的玫瑰，黄的玫瑰，蓝的玫瑰，在我的周围飘浮，盘旋。我迷醉于赤身裸体躺在她怀中的那种感觉，长时间一动不动，任凭她把一些水撩在我的肩头，然后，用手在上面轻轻地揉搓着。我想过拉一件浴巾盖在身上，却不知为什么，终于一动未动。

“我的名字叫薛荔。”她的眼睛很大很美，带着某种忧伤。

听着听着，我慢慢地蹲下去。我全身都在瑟瑟发抖，就像多年之前，我蹲在小瘪三家对面的屋顶上一样。

我看到了一个恐怖而真实的景象：我的内心世界被人刨开了，像一个被刨开的荒坟，亮出里面的累累白骨。我怯懦地、慌乱地对自己说：“不，不，不能这样，我要把它们立即埋藏起来！”

把薛荔推入危险的境地你忍心吗

原先,我来这个老工人这里,是为了拿回一些信。那些信,就夹在一本古书里,古书捧在一位老者的手中,老者在我对面的屋子里。只要我走进屋子里,从老者的手中拿过那本古书,从古书的夹层里取出那几张纸,就可以得到它。就这么简单。

然而,站在老者的屋外时,我忽然又想到一些别的问题:这些信在我的手中,真的有那么大作用吗?我必须静下心来,好好地想一想自己目前所处的形势。如果说在早先,我及时地把那几封信转移出去,是增加了有利于自己的筹码的话,那么自从李同志的尸体在我的房屋内被发现,局面就向陈重那边倾斜了。这成为他们随时干掉我的理由,意味着我任何时候都有可能命归西天。

随着一些幻觉的发生与消失,我渐渐被一种悲观的情绪所占据。我自问在这20多天里,这么轻易地就躲开了追捕,它是否就是事情的真相呢?不!那也许恰恰是一种假象,也许我每时每刻都在一支枪的瞄准中,之所以那颗子弹从没有射出,是因为他在寻找一个最佳时机。想到这里,我紧张地出汗了。他的最佳时机,不就是在我把那些信拿到手中的时候吗?也许他是在迷惑我,故意给我机会,让我去拿回那儿封信，好让他彻底消除隐患，从而把活儿做得更加干净利索。一旦到了他所认为的最佳时机，他是不会留下活口的。甚至在那颗子弹在我的脑袋上开个洞之前，他都不容我发出任何声音。

如果是这样的话，我眼下正在做着的事情，恰恰是他希望的，恰恰是一步步走向那个设好的圈套。想到这里，我的后脊背有些发麻，仿佛那里被狙击手画上了一个靶子。我紧张地想：我是在火中取栗，但是我必须增加自己的筹码。一个没有任何筹码的人，只配得到一颗子弹。我必须给陈重传达一个信号：那就是在我躲藏在本城的20多天里，我并没有坐以待毙，而是实质性地加重了有利于自己的筹码。

这样想着，我推开老者的门，迈步走了进去。

老者仍在对着火盆，专心地读那本古书，我走进去时，他甚至都没有抬头。

我开口说话了："老先生，我想请你为我的事情走一趟。"

老人把目光从书上移开，定定地看了我一会儿，仿佛要看透我的五脏六腑。面对着我手中的刀，他一点也没有吃惊的样子，慢悠悠地说："很多人都是这样请人办事的，那你就直说吧。"

"我想请你帮我送一封信给一个人。"进入这个屋子时，我的脑子里形成了一个计划。我需要有一个不相干的人，把那个无关紧要的第三封信送到陈重的手中。我要传达给陈重的信号是：仅仅干掉我是没有用的，已经有别人介入这个事件中，这个人随时可以把那些信公之于世。我想只有用这个方法，才可能逼着他重新考虑同我达成默契。

那本古书还被老人举在半空中。他面露讥讽地说："是让我一个人去，还是由你押送着去？"这确实是一个问题，我想了想，忽然说："那就让薛荔去辛苦这一趟吧。"我面露凶相，一步步向他逼过去："让她送一封信给一个人，然后我再放了你。"

"站住！"老人猛然大喝一声，我被这突如其来的震怒吓了一跳，不由得就站住了。老人极力压制着怒火，低声质问："这就是你要干的事？把薛荔推入危险的境地，你忍心吗？”

不知怎么，我的心突然猛烈地一抖。薛荔是我内心的一个痛，今天晚上，只要与她有关，我都会出现这样的反应。我的眼前又出现了幻觉：一个白衣女人倒退着飘向窗外，飘向空中，像一朵花一样飘着，一瓣一瓣散开。幻觉消失后，我全身一震，几乎要站立不稳。

老者的一句话，击中了我的要害。我暗问自己，我想毁掉她吗？是的，我不得不承认，我是想借陈重的手毁了她，仅仅是因为她的长相冒犯了我，揭了我的伤疤。每当我遇到自己不想看到的东西，我首先想到的就是想办法毁掉。外公在我很小的时候，就认定我是一个凶恶的人。这就是我，这就是我处理问题的方法。如果不这样，我就不是我了。我看到了自己的丑恶，它像这盆里的火焰，熊熊燃烧，随时准备毁灭一切。是的，这就是我要薛荔去送信给陈重的真正用意。

老人的一句话，昭示了我极其阴暗、恐怖的内心。我有些恼羞成怒了。我走过去，把刀抵在他的脖子上面。老人一动也没有动，甚至都没有放下手中那本古书。我听到他发出的深深的叹息：“你果然向我下手了，我没有看错你。我 20 年前已经看到了。”火盆里的火光照在老人的脸上，我看到他眼里含着浑浊的泪，他又说：“你真是贼性不改呀，我 20 多年前就看到你有场牢狱之灾，看来一切都无法改变。”

听到这话，我不由得倒抽了口冷气。20 多年前说这些话的人，是我的外公呀。他曾经说过：“相信我的眼睛，我不会看错的，他将来最少有 10 年时间，是在牢狱中度过。”我忽然看到，老人的身上重叠着另一个身影，那是外公的影子。我头皮都要炸开了，我惊恐地连连倒退了好几步。我稳住身子，定神细看，对面只有老者一个人。他冷冷地说：“可惜你动手已经晚了。你难道没有发现，薛荔早已经出去了？”

“啊？薛荔早已经出去了？”我大吃一惊，马上意识到自己的一个失误，怎么之前没有想到先把薛荔控制起来呢？我立刻想到，老人说这话的言下之意。薛荔去通风报信了！我立即惊慌起来。就在这时，门外传来汽车的马达声，接着它“嘎”地停下。不一会儿，汽车周围人影幢幢。

我惶惶不安地想：薛荔确实是去通风报信了。

我撞在那片黑影中间最柔软的部分

正当我惊慌失措地向外张望之际,老者自我身后发出了“嘿嘿”的笑声。

扭头一看,老者果然是在对着我笑,他的胡须在不住地颤动。仍被举在胸前的古书,也在笑声中不停地抖动。由于这抖动,几张信纸从书中滑出了一半。见此景象,我吓了一跳。老者像是看出了我神色的异样,于是停下了笑。但那几张信纸还是从书中滑出,飘飘悠悠地落在火盆上。

我惊叫一声扑上前去,一把将老人推到了一边,伸手抓那几张信纸。不料已经晚了。火盆上,轰地一下,火焰升腾而起。我抢到了一些纸屑,忙三下两下用脚踩灭了。紧急时刻,竟然发生这样一个意外。我冒出一身汗来。陈重就在外面,一旦他知道信已经被烧毁,他就可以肆无忌惮地向我下手了。我的脑子飞速地转着,盘算着怎样掩盖这一事实。

想到这里,我一脚踢翻了那个火盆,扭身冲了出去。

我手中高高举着一叠纸,来到黑暗的院子里,嘴里喊道:“我在这里呢!”话音刚落,只见唰地一下,卡车的前灯亮了,一道强光向我射来，我被它照得几乎睁不开眼来。我让自己全身笼罩在雪白的光带中，镇定地站在那里，再次晃了晃手中的那叠纸。我明白在这个紧急时刻，稍有差池，就有可能让我送命。我也明白自己的任何行动都是在冒险，但是在这个情况下，我必须主动出击了。“陈重，这是你的东西，我还给你！”我笑了一下，把手中的一叠纸抛向天空。

就在那些纸片在空中飘扬的时候，我听到陈重在一个地方疯了一般高喊：“关灯！快关灯！”

灯熄了，四周立即陷入黑暗，就像照相机的曝光，光亮中的我留在别人的底片上。那是一个在向后逃跑的动作。但在黑暗中，我调转身子向前面扑了过去。我的目标是汽车，这是一个布兵的空白点。我手脚并用，迅速地从汽车底下爬过。我真奇怪，那几封信怎么会对他那么重要？比抓住我还要重要。

我的身后，陈重在黑暗中继续像疯子一样地喊着：“你们都不要动！你们都不要动！”

我在爬行的过程中，听到的是陈重一个人在一片漆黑中捡纸的沙沙声。我一心想的是，把那声音远远地抛到后面。

仅仅过了半分钟，我感觉到卡车的灯又亮了，我想象着，陈重正站在雪白的灯光前面，那是我刚才站立的地方。他手里拿着一把纸，凑到眼前，等看清了上面的内容，十分暴怒地又将它们抛向空中。

我没有时间去顾及这些事了，我从地上爬起来，奋力往外跑去。然而跑了没有多久，我就停下了。一片黑影挡在我的前面。

我撞在那片黑影中间最柔软的部分，她无声无息地消弭了我的狂暴。我渐渐辨出了一个娇小的身形。薛荔的声音在黑暗中响起：“你以为这样能跑掉吗？我在这里等候你多时了。”

差一点我就逃出城了

几只手有力地按在我身上。我被他们提了起来。我脑子晕晕乎乎的,唯一能想到的只有薛荔。之前我以为,薛荔是一个通风报信者,看来我的判断出现了失误。薛荔不仅是一个通风报信者,而且她根本就是“他们的人”。这是我怎么也没有想到的。

我被他们塞进一个的狭小的空间里,全身又痛又麻,一点也不能动弹,连话也说不出来。

紧接着,我听到有人喊:“快! 快!”然后,我的周围剧烈地晃动起来。我才知道,自己被扔进卡车后厢下面,那个放置备用胎的小舱里。

隔舱里空间狭小,冰冷而又坚硬,我被颠得浑身像散了架一样。心里忍不住暗暗骂着抓我的人:既然人已经被你们抓住了,班师回朝的时候,有必要开这么快吗? 这个速度,不知道的还以为是要去追赶什么东西呢。心胸狭窄的汽车像是听到了我的咒骂,报复似的更加颠簸了,我的脑袋在舱壁上撞了好几下。我不由得心里又骂起来:既然被你们抓住了,痛痛快快上公安局得了,有必要绕这么大的弯儿? 还准备驶向城外怎么着? 是想颠死我呀?

果然是向城外方向开去。汽车猛一晃悠,护城河的气味透过一个缝隙扑面而来。护城河是我20多天来,在多个方案里周密谋划,却不敢轻易碰触的地方。我想到今天终于越过了它,却是在被人抓获以后,不由得深深地叹了一口气。

大约过了半小时,车忽然停下来了。

几个人下了车,在地上跺着脚,一个声音说:"我亲眼看到他驾车冲出城。"

另一个声音说:"深更半夜,是谁打开的城门?"

前面那个声音说:"就是,我们刚才经过城门时,守卫一个也不在,我也很奇怪呢。"

接着我听到了陈重的声音:"那是个危险的罪犯,下次遇到,不用废话,直接击毙。"

我在思索着他们的对话。后面的话显然是针对我了。听他们前面的意思,是他们所追捕的对象,驾车冲出了城门。那是谁呢?

有人在一只车轮上重重地踢了一脚:"又爆啦!"

陈重说:"记得隔舱里有备用轮胎的,我去看一看。"

听到这话,我立刻感到血往上涌。我终于明白了,陈重为什么要把我带出城。原来他这么做,是为了好对我下手。现在他要对我下手了。

陈重说话时哈出的气,几乎都喷到我的脸上。"真的有,我摸到了一只备用轮胎,过来个人帮把手!"欣喜的声音猛烈地冲击着我的耳膜。他开始往外拖备用轮胎。我总算知道自己为什么不能动弹了,原来是那只备用轮胎抵住了我的身子。又有一人过来,帮助陈重把轮胎拖了出去。但他们却没有朝我看一眼,好像我不存在一样。

我脑子里几乎是一片空白。在他们忙着想办法更换轮胎的时候,我完全可以让自己落在地上不发出声音。然后,我只要爬出200多米,就可以自由地吸上一口这旷野里冰冷的空气。但是,如果这是陈重的一个圈套,我的这种做法,就给他落下一个动手的口实。

正在我犹豫不决的时候，卸下来的轮胎被推了进来，顶在了我的腰上。我越来越怀疑，陈重并不知道我在这里，不由得对自己刚才的犹豫后悔不已。

汽车又一次开动了，我不知道它开往哪里。后来我又一次越过护城河，我知道一切都晚了。汽车又开回城了。

汽车拐了几条街后，我感到自己不能再犹豫了。我使劲躬着身子，把轮胎拱开了一些缝隙。我慢慢移动到了隔舱的边缘，让自己悬在空中，伺机离开汽车。在汽车行走过程中这样干，我让自己摔得不轻。直到汽车走出好远，我仍然费力地回想着这一切，心里不自信地想："难道陈重真的不知道我在这里？"

如果是那样的话，我真得为自己的犹豫不决后悔了："差一点，我就逃出城了。"

只有薛荔才拥有这样一双晶莹剔透的美丽的眼睛

作为一个危险的犯罪分子,我被通缉了。有半年时间,我在一幢大厦里躲着。在惊恐不安中,我过着东躲西藏的日子,多次与死神擦肩而过。时间久了,终会遇上坏运气。在一次逃跑中,我中了追击者射出的子弹。拖着伤腿的我躲进一个废弃的教堂里,不久就痛得昏死过去。恍惚中,我感觉自己进入了少年时梦中的景象。

"陈同志,醒一醒,你受伤了。我送你去医院。"我睁开眼,推我的人是一个护士,洁白的护士服把她裹得严严实实,唯一露在外面的那一双眼睛清澈透亮,仿佛用水洗过一样。我知道,我不能去医院,那无异于自投罗网。但刚挣扎一下,却又昏迷过去。

再一次醒来时,我发现自己躺在医院里。那个护士又俯身站在我的床前,仍然是包得严严实实,只留一双眼睛在外面。我认出了那双眼睛,只有薛荔才拥有这样一双晶莹剔透的美丽的眼睛!我不由得惊愕起来。接着我发现自己根本动弹不了,绷带把我从头到脚缠了个遍。那些绷带洁白到了某种极致,每一根纤维里都散发出消毒水的气味。薛荔把戴着白手套的食指竖在口罩前,示意我不要讲话。

"子弹在你的大腿里,医生会取出它的。"薛荔说话声音很轻,但语气很严肃,“一切我都已安排妥当。”

“这是一个安静的场所,不要说话! 在这个医院期间不要说任何话。”她再一次在我张嘴说话之前制止了我,“听话,你应该让自己安静下来,这对你好。”我点点头,我决定让自己安静下来,我是识时务的,在这个地方,我被包成蚕茧一样,不安静又能怎样呢? 在她柔和的目光的凝视下,我逐渐进入一种恬静的境界,仿佛恢复到婴儿的状态。

“你一定奇怪我为什么成了护士吧?”薛荔在我的床边坐下来,语气和缓下来,“其实,我本来就是这个医院里的一名护士。第一次我们见面,我是因为喝醉了酒,找不到回家的路,才撒谎说住在那个守门人的房子里。”她指了指对面的一个房间:“瞧见没有? 对面的病房里刚刚送进来一个伤员,他的名字叫李玉,伤情跟你一样,现在也是被绷带全身上下缠了个遍。我要去查看一下,他的手术被安排到明天。”她站起来往外走,软底的布鞋在反射着光泽的地板上,踏出“嗒嗒嗒”的轻快节奏。走到门口,她停下来,硬朗的门板衬托出她小腿优美的弧度。她转过头说:“记住,不要说话!”

第二天清早,薛荔把我关进了一个房间,这个房间里,床单和被子被叠得方方正正,码得整整齐齐,散发着清新的洗涤用品的气味。我猜想这是储物室,不知道她为什么要把我锁在这里。

一会儿,几个穿白衣服的人又推进来一个病人,摆到了我的床边。在他们和薛荔的低声说笑中,几双洁净的手在我身旁忙碌着。其中一只手取下挂在他床头的一个小牌子,挂到了我的床头上。

担架车动了起来,长长的走廊上窗户连着窗户,玻璃上花影移动。我被推进了手术室。一个包得严严实实的医生举着双手迎了上来,问:“这是李玉?”推我进来的那几个人点了点头。

那个人就说:“这一个是挖子弹,那快一点,今天好几个手术。”

薛荔走近我,拿起我的手轻轻握住,她身上消毒水的气味直往我骨头里渗。我进入了一种迷醉的状态。后来,我看到走廊窗玻璃上摇曳生姿的花朵,嗅到码得整整齐齐的床单上洗衣粉的气味,又看到几只洁净的手在忙碌。他们取下我床前的牌子,又挂回了原处,然后,推着那个病人走了出去。

他们出去后并没有关上储物室的门,我看到他们的步履比刚才轻快了许多。原来手术室就在对面,医生已经做好了下一个手术的准备,举着手问:"病人姓名?"

那几个人回答:"李玉。"

医生一愣,立即呵斥道:"胡说,那个叫李玉的手术刚才已经做完了。"

那几个人说:"你刚才根本没有做什么手术呀。"薛荔也笑着说:"医生,你是不是太累了?"

医生闪身让那几个人把病人推进去:"见鬼了,真是见鬼了。我记得刚才已经挖过子弹了。"

30多分钟后,医生从手术室走了出来,嘴里还在嘟囔着:"见鬼了,真是见鬼了。我今天好像挖过两次子弹。"

薛荔轻轻地笑着说:"医生真会开玩笑,大家都在这里,哪里有这回事呀?"

对于这件事,我的判断是:几个人合伙同医生开了一个小小的玩笑。

接下来几天里,我观察到的情况印证了那个判断。那就是薛荔经常跟在医生的身后,去对面那个叫李玉的病人房间查房,乘医生不备,她把开给那个病人的药偷一些,拿过来给我服用。那个医生很粗心,竟然从来都没有发觉。

有一天,我正在储物室躺着,薛荔忽然进来,把我推到对面的一个病房里。

刚进病房,我就听到隔壁有一个声音,那是陈重的声音:"我们是来搜查一个逃犯的。"过了一会儿,只听他说:"请带我们去隔壁看一看。"

青蛇、水蛇、眼镜蛇在她身上唯美地游动

脚步声响起的时候，薛荔忽然快速地掀开盖在我身上的被子，轻快地躺在我的身边。那个大被子蒙在我们两个身上，我看不清她，只感到被她紧紧地抱着。脚步声越来越近，我剧烈的心跳一次次被薛荔的柔软化解。在被子被掀开之际，薛荔把我的脑袋往下按了一下，然后自己把脑袋伸出去。陈重看见了薛荔，只说了声“对不起”，就转身走开了。陈重并没有抓我，这让我有些糊涂。心里想，难道薛荔不是“他们的人”？

一天晚上，在关着门的储物室里，薛荔站在窗边凝视着窗外。夜风把她的长发吹得飞扬起来，她似乎浑然不觉，对着深蓝色的夜空发呆。我躺在床上，望着她的后背也在发呆。过了一会儿，我终于说出了一直萦绕在心头的话：“我以为你是‘他们的人’。”“我是谁的人？”薛荔迷惑地转过脸望着我。我不再说话。沉默了一会儿，薛荔对我说：“我们必须要走了，虽然你还没有完全恢复。”

天黑的时候，她扶着我到了走廊上，拐了几个弯后，进了一个房间，房间的中央放着一个大箱子。薛荔走过去，敲了敲箱子盖。箱子盖掀开了，里面坐起一个又干又瘦、脸色铁青的男人。薛荔很客气地

对他说:“不好意思,借你的贵地一用。”那人没有说话,客气地点点头,站起来离开了箱子。

我被关在那个箱子里,感觉到被人抬起,往一个地方走。后来,又感觉自己好像在一辆车里。一些嘤嘤的哭声,在我周围时断时续,我把箱子打开一个缝儿,看到两个陌生的女人在对着箱子哭泣。转了几条街后,车不知怎么停了下来。

我终于忍不住了,推开箱子坐起来:“你们不要哭了好不好?搞得我很烦。”两个女人愣神片刻之后,立刻惊叫着逃离。

坐在一旁的薛荔这时笑了:“瞧你把人家吓得!”然后笑着去拍驾驶室。一会儿,司机自车后面探进了脑袋,自言自语道:“那两个女人呢?”我坐在那里说:“她们两个跑掉了。”司机看了我一眼,惊叫一声,也跑掉了。

薛荔扶我下了车,在路上慢慢走起来,走出一盏路灯的照明范围,黑夜渐渐把我们两个吞噬。几条黑影磨磨蹭蹭地跟在我们身后。薛荔忽然小声对我说:“小心,那几个人在耍花样,他们想对我们谋财害命。”

我一听立即紧张起来:“那怎么办,我的身体还没有恢复,不一定是他们的对手。”薛荔小声说:“我有办法。”

薛荔脱下护士装,几乎是赤条条地,一边走一边嘴里发出“丝丝”的声音。“蛇!”我指着地上一条游动的蛇惊叫起来。“不要紧张,它们是我召来的,用来对付那些人。”接着我看到,从城市的下水道孔、马路牙子的缝隙里、废弃的楼房里、破裂的霓虹灯管里、断开的路灯杆里,游出了长长短短的蛇。不一会儿,薛荔召来 20 多条蛇,一条条被她收进衣服里。我不知道,在一座城市里怎么会有这么多蛇。看到深深浅浅、明明暗暗的蛇在那里蠕动,我有些毛骨悚然。薛荔悄悄地说:“一会儿,他们要是向我们下手,就把这些蛇扔到他们身上。”

几条黑影果然渐渐靠近了我们,忽然扑上来,想制服我。我一边挣扎一边叫："快，放！"

"来了！"薛荔应了一声，把手中的东西往上一扬。我吃惊地看到，薛荔并没有把那些蛇扔到那几个人身上，而是把它们扔到了自己身上。深深浅浅、明明暗暗的蛇在薛荔身上蠕动的样子，把几个家伙吓坏了，他们放开了我，跌跌撞撞地逃走了。

"我从小就和蛇打交道。"薛荔在一幢楼房前的台阶上坐了下来，伸手在旁边月季花丛里摘下一朵花叼在嘴里，轻笑着，"夏天的夜里，有这些蛇贴在身上好舒服呀。"

薛荔躺了下来，任由那些青蛇、水蛇、眼镜蛇在她身上唯美地游动。她像是另一条美艳的蛇，裸体在夜色中发出幽幽的暗光。过了一会儿，薛荔的鼻腔中发出细丝一样均匀的鼾声。我走过去，掏出了那支一直藏在身上的手枪，抵在她的头上。不知怎么，我的手微微有些发抖。仿佛有一个声音，一个劲儿地在我耳边高喊：不要！不要！

借助月光，我看到了薛荔的眼角挂着眼泪。我的内心挣扎了很长时间，终于叹了一口气，收回了枪，暗暗说：薛荔，你知不知道？你长得很像一个人。

我偷偷离开了。

他上半身掩盖在一个巨大的油纸伞里

一年后的一天，在这个城市最大的百货公司楼前，我看到了那个标志。

从乞丐衣服上撕下的布条儿，被人绕着电线杆松松地打个结，然后由它落在地上。布条儿粘着泥土后看不清什么颜色。如果不细心，它根本不会引起人们注意。

这是黑帮分子之间用来召唤同伴的标志。从那个打结的方法，我认出了那是李胖子。

接下来的几天，我又相继在悦来饭店楼前、月华大厦楼前和南洋纺织公司楼前的一些电线杆上发现了这个标志，更加确定那就是李胖子。李胖子是一个黑帮头子。陈重曾经落入他手中，被他误以为是我的朋友才逃脱。

这个李胖子跟我的经历有几分相似。他也是一个富家子弟，10岁那年，把铁钉子拌在草料里给自己家的狗吃。12岁时，他家里遭遇了黑帮，家丁打死了其中一个喽啰，他趁人不备偷走了死人的手枪。13岁那年，他在上学路上，遇到一个黑帮分子被警察追赶，他协助黑帮分子藏了起来，不过等警察离开后，他抢走了黑帮分子的手枪。有了这两支枪，他也做起了黑社会勾当。我遇到他时，他已经是拥有10多个手下的头领，而我的两个小兄弟刚和我散伙，我正是孤家寡人一个。他邀请我跟他一起干。

没多久，他请我去喝酒。当我刚把酒端到唇边时，他却忽然伸手把我的酒杯打掉了。原来那杯酒里下得有毒。他手下一个小子给他出主意，说我的眼睛带着凶恶，一定不是善茬儿。虽然进谗言的小子及时见了阎王，但对那个事我还是久久不能释怀。半个月后的一天，李胖子一个人在房子外面闲走，忽然有一个口袋套到他的头上。这件事情是我干的，我用那支勃朗宁手枪顶着他的脑袋，恶狠狠地说："这下我们扯平了。上次那件毒酒的事，我就不计较了。"说完，我扣动了扳击，让他知道枪里并没有上子弹。那一次，李胖子笑得几乎要喘不过气来，他说："那家伙死得有点冤，他说得没错，你真不是个善茬儿。"

有一次，李胖子惹了一个更大的黑帮头子，被对方抓住了，剥了衣服吊在院子里整整一天，对方认为他的光屁股一点也不性感，倒是比较适合点天灯。我没有乘人之危去霸占头领的交椅，而是组织人马前去攻打，把他救了出来。从此，我们的交情深了许多。

那个标志上歪歪扭扭地写着一个模糊的字，我记下了它。在另一个地方，我又发现了同样的标志，上面也有一个模糊的字。那些字仿佛构成了一个地名。我向当地人打听，当地人告诉我，那是城南的一个小胡同。

我用两天时间，慢慢向城南靠近。我在附近又徘徊了两天，还是不敢接近它。我已经知道了那是条死胡同，而且它周围那些丑陋的建筑，给我的感觉很差。

我决定找一个小店住下来，再观察一段时间。

虽是下午时分，但光线很暗淡。天上阴云密布，令我有不好的感觉。忽然响起了敲门声，我立刻警觉起来。不过我听出那是土匪敲门的手法。原来是李胖子。

他身着黑衣,上半身掩盖在一个巨大的油纸伞里,手里提着一个盒子。我奇怪李胖子怎么在这里出现了?难道他不在那条胡同?我们拥抱了一下。他还是像过去一样头发脏兮兮的,脸上油腻腻的,身上带着一股馊味儿。

“你这是要去哪里呀?”他站在我的对面,用嘴一努,“难道是那条胡同?”

我略吃一惊,迟疑道:“难道你不是在那里?”

“那你就死定了。”李胖子面无表情地说,“我必须要告诉你实情了,前不久,我遇到了陈重,我已经向他投降了。就在那条胡同的入口处,陈重已经布下了大约一个连的兵力。我们在整座城里布下许多标志,为的就是诱杀你,这是陈重的主意。”李胖子坐下来,摆摆手,示意我也坐下来。他叹了口气,动情地说:“投降是迫不得已而为之,可我们是出生入死的兄弟呀。”

我惊愕得说不出话来。

一个身着洁白护士装的女人站在门外

“我算准了，按照你的性格，你应该在胡同附近观察一番。”李胖子说，“我只带了两个兄弟，他们在院子里等着。我此行的目的，他们一无所知。”

他伸手把那个盒子打开。我已经知道，那是一个食盒，里面有几盘菜和一壶酒。这是可以想到的。他把自己搞成一个大胖子，就是因为有这点爱好。“我们是出生入死的兄弟呀。”他说。

“下一步你有什么打算呢？”我们相对而饮时，李胖子关切地问。

我闷闷不乐地喝了一口酒。“走一步说一步吧。”话未说完，我的酒杯僵在半空中。我看到李胖子用枪指着我。

他的眼睛红殷殷地，几乎要鼓到眼眶外面，冷森森地说：“我没有骗你，确实没有人知道我来这个地方，我也确实是你为送行的。我必须干干净净地被招安，过去我干的那些事只有你知道。”

窗外划过一道闪电，仿佛就在头顶上响起一声炸雷。我又一次嗅到浓烈的血腥味。我什么也不想说，心里想：这就是曾经出生入死的朋友！

外面忽然传来脚步声，接着紧急的敲门声响起。李胖子愣了一下,身子往门后一躲,用枪示意我去开门。门刚打开,一个背着枪的黑衣人闯了进来,嘴里哆嗦着说:“大哥,我拦不住。”

在他身后,一个身着洁白护士服的女人站在门外。她头发湿漉漉的,上面的水滴到肩膀上;裙子也湿漉漉的,上面的水滴到鞋面上;鞋子也湿漉漉的,上面的水流到地板上。她嘴唇苍白,身子瑟瑟发抖,双手提着一个旅行包,眼睛看着我说:“我知道你是罪犯,但我已经决定了,我要和你一起亡命天涯。”

她是薛荔。我吃惊地想:她怎么又来了?我怎么总是甩不掉她?

李胖子闪身出来,仍然用枪指着我说:“你不用跟他亡命天涯了。”

等雨小了些,李胖子押着我和薛荔出了门,到了院子里,向远处一招手,远处立即开过来一辆吉普车。李胖子已经用上了吉普车,看来他投降不是一天两天的事了。

吉普车向胡同口方向开去,开车的是一个黑衣人,李胖子的手下。李胖子谋杀我的计划被撞破,心情很不好,一路上对手下恶狠狠的。

车行了一会儿,薛荔忽然对司机说:“大哥,你为什么不开快一点儿?”开车人没有说话,但车却加速了。

不一会儿,车子来到胡同口,司机忽然惊叫起来:“坏了,刹车失灵了!”

车越来越快,很快就冲过了胡同口。车前面的人纷纷避开,车两边是惊慌失措的人脸,车后面响起稀稀拉拉的枪声。李胖子用枪把在司机的头上狠击一下,站起来着急地向车后挥舞着双手喊:“不要开枪!不要开枪!”车身一晃,李胖子翻身摔出车外,但他立即从地上爬起来,在后面跌跌撞撞地追赶吉普车,嘴里喊着:“陈重同志是信得过的人。陈重保证,只要你向人民政府投降,我们绝不伤害你。人民政府已经坐稳了江山,再对抗只有死路一条。”他的声音越来越远、越来越小了。

二十层的高楼转眼间仿佛只剩下一副骨架子

雨又下大了。

车终于停了，撞在了一幢20层高楼的墙上，司机晕了过去。薛荔拉着我跳下车，往楼里跑。

楼的中央有一个螺旋楼梯，自下而上贯通。一年多以前的一场空袭，一颗炸弹掀开楼顶，之后又有几颗炸弹落到楼梯上。现在楼梯的上半部分残缺不全，下半部分歪歪扭扭地挂在半空中。下雨天，雨水直接淋了进来，楼的内部湿淋淋的，各层断裂的地方都往下滴着水。

我们向楼上跑去，刚跑到第三层，楼梯忽然发生了摇晃。等我们发现危险的时候已经晚了。本来已经命悬一线的楼梯，在我们的踩踏下，忽然发生了扭曲。接着，在连锁反应下，楼梯开始自下而上地一层层坍塌。

我脚下一滑，身子失去了平衡，忙伸出手去抓身旁的栏杆，不料流淌着雨水的栏杆是那样光滑，一把没有抓住，另一只脚却踩空了，身子随着楼梯急速下滑。

我听到了薛荔的惊叫声："小心！"

一股雨水哗地从高处倾泻而下，浇在我的身上，我的下半身已经悬在空中。幸亏我及时抓到暴露在外面的钢筋，不然坠下去不死也要受伤。

薛荔在上面喊："你没有事吧？"

我紧紧抓住那个钢筋，甩开脸上的雨水，咬着牙说："你说我有没有事？"

薛荔喊："你坚持一会儿，我马上拉你上去。"过了一会儿，薛荔扯着一条窗帘滑下来。

薛荔抓住我的胳膊，猛地一拉，我们两个在空中荡一下，落到一块突起的水泥梁子上。

我们抓着窗帘慢慢往上攀，但脚下的残垣断壁又湿又滑，很难蹬得住。我咬着牙说："我的脚踝可能扭伤了。"

薛荔白色的护士服上也沾满泥水，腿也有些发软的样子，但她还伸出手使劲抓住我。后来，她简直就是在拖着我走了。

楼梯余下的部分再一次晃动起来。我们趴在一旁，眼睁睁地看着它们向下坍塌。伴随着巨大的轰鸣声，一幢20层的高楼转眼间仿佛只剩下一副骨架子。

到了一个稍微干燥些的地方，她让我坐下，观察了一下我的伤情，然后拖着我进了旁边一个门窗皆无的房间。她找了一些药品回来，把药放在嘴里嚼烂后，把汁水涂在我的脚踝上。

天色渐黑，我的肚子咕咕响。

薛荔站起来说："我去找一些东西来充饥。"

薛荔抓住那些断壁向上攀去。在身体的一起一落之间，她的头发一会儿像浪花四溅飞扬，一会儿像瀑布一泻而下。从后面望去，她娇小玲珑，却矫健有力。我盯着她看了片刻，忽然开口叫住了她。

"喂！"我大声地对她喊，"我说，你为什么老跟着我？"

薛荔回头，向我露出了一个灿烂的笑容，然后继续往前走。

过了很长时间她回来了，失望地对我摇着头说："整个楼内没有一点儿可吃的东西。”我猛然大叫起来：“蝴蝶！红的蝴蝶，绿的蝴蝶，花的蝴蝶，到处都是蝴蝶！”

她走近在那里瑟瑟发抖的我，伸手摸了摸我的脚踝，惊叫一声说：“不好！肿起来了。”然后，她又摸着我的额头，再一次惊叫道：“你在发烧！”

过了一会儿，她说：“不行，你这样下去会死的。”她转过头来，语气坚决地说：“这样的话，你还不如去陈重的军营，只有到了那里，你才会得到医治。”

我虽然浑身没劲，但还是吃了一惊：“你疯了！”我一字一顿地说：“把我交给他们，我还不如死掉的好。”

“放心！我是他们的人。”薛荔笑了一下，背起了我。我想挣脱她，但是浑身没有一点儿力气，只能闭起眼，由着她把我往楼下拖。

我心里想，难道薛荔真是“他们的人”？

她不知从什么地方拖过来一个大箱子

不知从什么地方淌下来的雨水，不时地打在我的背上，又从我的身上淌到薛荔的身上。我的前胸贴着她的后背，从她那里发出的热量几乎要把我的领口捂干。就这样，我寒冷着她，她温暖着我。薛荔用小小的身子背着我，慢慢地在向前爬行。

快到一楼时，天已经麻麻亮了，雨也停了。薛荔这才对我说话："你不要紧张，军营里的卫生员原来是我在医院里的同事。"她从怀里掏出一些颜料，在我脸上涂抹了一番。

一到一楼，我们就看到了陈重的营地，他们把帐篷扎到了街对面楼房的廊檐下。

我们刚接近兵营，立即听到哨兵喝道："站住！"

薛荔上去尖着嗓子跟他们交涉，不一会儿，他们竟然允许我们进入。我心里想：天哪！他们真的把我们认作了一对讨饭的老夫妇。

薛荔把我拖到一群军人的旁边。那群人正在热气腾腾的帐篷里说笑，其中一个人递给我们一杯热水，薛荔接过来，一个劲儿地向对方道谢。

过了一会儿，那个卫生兵上来，给我测了测体温，然后给了我几片药。他把自己的帐篷让给了我们。

中午时分，军人们围坐在我们附近吃饭，卫生兵又端过来两碗饭，递给我们。

“谢谢你。”薛荔尖着嗓子问，“你们来这里做什么？”

卫生兵说：“我们去楼上抓逃犯。不过这是一幢危楼，现在下雨，里面太湿滑，而且刚刚发生了坍塌。只有等雨停了再说。”

这时，我看到两个人走过来，一个是陈重，一个是李胖子。我的心立即提到嗓子眼儿。但他们却没有往我这儿看一眼。谁也不会想到我正在他们的眼皮底下。

他们在我旁边的一块大石凳上铺开一张地图，开始讨论起来。我听到了他们的计划，原来他们在楼的四周都部署了兵力，已经呈口袋之势，我是插翅难飞。只等雨过天晴，他们就一起上楼搜寻。听着听着，我忽然紧张起来，似乎已经被他们擒获。我立即想到了逃，连连踢着薛荔，给她使眼色，可薛荔仿佛浑然不觉。我只好咬牙切齿地想：就这样吧，在我被抓之前，好好恶作剧一把，也不错。

晚上，我们两个躺在帐篷里面。到了半夜，我一翻身，一个东西碰到我的头。那是薛荔伸过来的脚。这几天来，我仿佛在梦中一样，有一种不真实的感觉。薛荔裸在外面的小腿是那样光洁，我忍不住伸手抚摸了一下。那腿浑圆丰满且柔软滑腻，仿佛一泓流水一般，大大出乎我的意料。薛荔怕痒一般吃吃地笑着，忽然坐起来，小声对我说：“我知道你在想什么，你想搞恶作剧。”

我点了点头。薛荔轻笑着说：“越是危险的地方就越安全，更何况我从小就擅长化装。”她不知从什么地方拖过来一个大箱子，把我扶进去躺好，然后推着那个大箱子进了陈重的帐篷。

半夜，陈重醒了，他看到自己帐篷里多了个大箱子，十分惊奇地打开了。看到我的样子后，他惊恐地叫起来。

陈重坐下去喘了半天粗气，忽然站起来猛地盖上了箱子。他试了试箱子的重量,然后推着它出了帐篷。到了吉普车前,他吃力地抱起箱子放到车上。他对哨兵说:“我出去转一转。”

车转了好几条街后,陈重在一个地方打了一个电话,然后开着车来到一幢20层的高楼前。一个妖娆的女子迎上来,帮助他把箱子拖进楼里的电梯间,一直升到最高一层,又拖到楼顶一个储物室里。他跟女人缠绵了一会儿,匆匆离去。在这个过程中,我听到他发出沉重的喘息声。

陈重刚走,薛荔就救出了我。第二天深夜,我又出现在陈重的帐篷里,他更恐惧了。车转了好几条街,开出10多里,来到江边那个林子里。江边的夜风把树叶吹得凄声呜咽。陈重下来,用镐在地上挖坑。不一会儿,一个又大又深的坑出现了,陈重把箱子推进去埋上。在这个过程中,我听到他发出沉重的喘息声。这一次,他跪在土坑前,祷告说:“你饶了我吧!”

薛荔又挖出了我。

有一天早上,我睁开眼,忽然发现自己躺在一个陌生的地方,原来的帐篷已经荡然无存,成了一片空地。陈重带着队伍,不知什么时候撤离了。

我知道,是我们吓跑了陈重。

薛荔找来一点儿水,随便洗了洗,一切仿佛对她毫无影响。她的脸色还是先前那样红润和娇艳,头发还是先前那样透着光泽,身体也还是原来那样挺拔。

我惊叹地对薛荔说:“你化的什么装?”

薛荔笑了,俏皮地说:“我从小就学这个。”薛荔递给我一个小镜子说:“想不想看看我把你化装成什么样子了?”

我拿着镜子一看,恐怖得汗毛都要竖起来了。我看到李同志躺在箱子里,他死后就是这个样子。再定睛一看,原来那是我自己。我长舒了一口气:“啊!原来你把我化装成死去的李同志的样子,难怪陈重会害怕。”

天麻麻亮，到早饭时间了，我的肚子咕咕叫起来。一连几天在军营里蹭饭，已经让我养成了良好的饮食习惯。“我的吃的呢？我的喝的呢？”我问薛荔。

薛荔摊开手说：“没有了。他们已经撤离了，没有地方可以找吃的和喝的了。”纪律严明的部队，他们没有丢下任何东西。经过一夜的雨，街道被冲洗得干干净净，四周飘浮着一种花的芬芳。薛荔似笑非笑地看着我，她的眼睛更加清澈，仿佛看到了我的骨头里。这一切让我迷乱，让我战栗。

我心中那邪恶的火焰忽然升腾而起：“那你还在这里干什么？你以为我留你干什么？我收留你的目的是让你冒着枪林弹雨去给我找水、找食物，这你都不明白？”

几天的药物已经使我基本恢复了健康，我站了起来。

我掏出枪，快速地往后退，嘴里大声喊道：“快去呀！不然我就要开枪了！”

薛荔不相信似的看着我，慢慢地向后退去，她仿佛已经看出我想甩掉她。

我遇到了一伙儿在城市里流窜的混混儿

一年后的一天傍晚，我正坐在一个废墟里啃着半块饼子，忽然过来几个男人，其中一个人不由分说，挥起棒子朝我的额头砸过来。

我的额头流着血，我被扔到一辆车上，不久就昏死过去。醒来时，我发现自己被捆着双脚。

我遇到了一伙儿在城市里流窜的混混儿，被他们卖到了挖下水道的公司。

这座城市的战后恢复工作，少不了从清理下水道开始。新政府接管之初，工作头绪很多，一时间不能面面俱到。这项工作，放手由四五个公司承担。早在战前，这些公司就从事着该项业务，它们或多或少都和黑帮有着牵连。

说是把人卖到公司，实际上是卖给了把头。有大大小小五六个把头，相当于公司里的恶霸，甚至连经理都惧怕他们几分。把头管理着各自的工人，每天赶工人下井去挖淤泥、运淤泥。漆黑、潮湿的坑道显得阴森恐怖，工人们光着身子腰上围一条围腰，钻进城市四通八达的下水道里清理淤泥。清理的淤泥装在车子里，由口中含着充电矿灯的工人，在地下爬行着拖出去。

在渐渐习惯了那刺鼻的气味后，我发现公司是一个安全的地方。下水道里自不必说，就算是在上面，脸上也是一层黑泥，等于给自己戴了一个面具，心理上多了一层安全感。而且这里还能轻易地吃到饱饭，所以我没有想到离开这里。

我们的饭菜由一对老夫妻负责，送到我和几十个工人住的一个大工棚里。老婆子并不进屋，站在门外等候。推车进屋的是她男人，这个人瞎了一只眼瘸了一条腿，人们叫他老刘。煤黑子端着老刘送进来的小米糊糊，蹲在各处吸溜吸溜地喝着。小米糊糊每人只一大碗，多吃多占的就会受到老刘的呵斥。我看到又瞎又瘸的老刘在那里狗仗人势地呵斥人，经常感到气不打一处来。随着对环境的熟悉，我的凶恶渐渐显露出来。有一天，老刘给我打饭时，我一脚把他踢翻在地，恶狠狠地骂道："你他妈喂猪呀。"

站在门外的老婆子闻声跑进来，搀起老刘。老刘抬起头，使劲盯了我两眼，我捕捉到了他眼神里流露出来的恐惧。

几个人打了我，把我扔到了井下。

有一天傍晚，我在公司周围转悠，遇到了站在垃圾堆上的经理，我爬上去打个招呼。经理是一个矮胖驼背的老商人。一些干燥的垃圾被风吹落在他的领带上、眼镜片上，他浑身不觉地望着映在对面楼上的如血的残阳发呆。他对我说，他最近老是感到心神不宁，老是梦到有人用枪抵着他的脑袋。

我从经理的话里听出了一些不妙的东西，心里有些忐忑不安起来。我总感觉经理的话中有话，也许预示着公司即将发生某种重大变故。谁知第二天，我的这种感觉就被证实了。

那天，我刚从下水道里爬上来，就看到公司周围有 10 多个扛着枪的军人。

我看到各处的垃圾堆上，插着一面面迎风招展的红旗。一个军人用一个大喇叭对着刚上井的工友喊道："全体工人参加学习！"

我知道自己的好日子结束了,于是抽个空子往公司外的一个方向开溜。谁知没跑出多远,迎面撞上一伙儿军人,用几支长枪指着我说:“你不要动,否则子弹不长眼。”

几个军人自表哥和杨小姐身后走来

几天以后，我跟平常一样下到下水道里，走着走着，渐渐感到了情况有些异常：平时在我左右的工人都躲着我。倒是有一个小工友上来问我："新来的吧？到了下面要一个跟着一个，要不然掉了队就不好了。"这是在黑暗的下水道，大家脸上抹着淤泥，看不清对方的模样。从他的身形和声音判断，感觉应该是个小工友。而且他的声音也耳熟，应该是同一个工棚的工友。我也就没有多想，跟在他的旁边继续往前走。后来，他又悄悄告诫我说："不要去左边那个巷道，那里危险。"左边的那个巷道前不久发生了塌方，现在用几十根木杠顶着。

紧接着后面跟过来的几个人，几乎是把我拥进了左边的那个巷道里。他们在我附近默不作声地挖着淤泥，其中一个人始终挤在我身边。我感觉出他们有挑衅的意思，但鉴于他们人多，只能忍耐下来，把身子往旁边让一让。逐渐地，我被他们挤到巷道的最里面。过了一会儿，我停下来，打算喘口气，忽然发现刚才在我周围的人都不见了。我回头一看，他们在不约而同地往外走。

这时，那个小工友忽然跑进来，嘴里说："快离开这里！"拉起我就往外走。

就在这时,我看到前面一个人挥镐砍倒了支杠,巷道里的支杠由于连锁反应纷纷倒塌。我们在朝外跑的过程中,巷道在我的身后开始塌陷。我心里有些感激那个小工友,幸亏他及时拉出了我,假如晚一步,我就有可能被埋在里面。

正在我暗自庆幸的时候,小工友又猛地把我拉到一旁,一把铁镐砸在了地上,冒出几道火花。那帮人对我进行了新一轮攻击,小工友再一次救了我。看到另外几个人也相继扑过来,小工友拉着我往另一条巷道跑去。我想不明白追杀我的是些什么人,为什么要谋杀我。但现在我没有时间想这些,只能跑。

后面追兵的手电筒光扫在我们身上,我认出那个小工友,她就是薛荔。我忽然感觉她的身份是那样扑朔迷离,忍不住一边跑一边大声问她:“你到底是做什么的?为什么总是跟着我?”不过我也没时间听解释,现在只能跑。

我们找到一个出口,从那里爬出来。

两个人挡在我们前面,我看清了,那是送饭的老刘和他那个做饭的老婆子。老刘拿着一支枪,冷冷地对着我说:“你一定是得罪了陈重。”

我一下子明白了,原来是陈重。我一边站在那里喘粗气,一边对老刘和他那个做饭的老婆子笑着说:“是他雇你们来做这件事的?陈重真是好眼光!”

老刘不为我的嘲弄所动,他说:“不完全是他,我们也要干掉你。”

老刘用枪指着我说:“想知道为什么吗?因为我感觉这个公司是我们最安全的地方,不想在这里被你认出。那一天,你踢我一脚的时候,我认出了你。总有一天你也会认出我。”老刘面带讥讽地说:“为了自身的安全,必要时候除掉另一个人。如果换了是你,你不也会这样做吗?”

老刘的说法,让我想起了自己曾经对待薛荔的态度。但我确实想不起他是谁，于是强作镇定，大声喝问：“你到底是谁？凭什么说认识我？”

老刘也大声说：“我当然认识你，我是你表哥。”

“表哥？”我犹疑地看看他，还是有一点儿10多年前的影子，不由得笑起来，“10多年前那个英俊小生，竟然变成了这个样子，跟一个做饭的老婆子整天混在一起。”

表哥听了恶狠狠地说：“不许你这样说她，她是一个老婆子，但她也有年轻漂亮的时候。她是杨小姐。”

我的目光立即转向那个老婆子，张大嘴吃惊地说不出话来：“杨小姐？”我终于认出了她，我无论如何也没有想到，蓬头垢面的老婆子竟然是杨小姐，当年那个穿着旗袍的妖娆女子。我怎么也不能跟她联系在一起。我明白了，这是时间的作用。她老了，我也长大了，并且也要一天天老去。

杨小姐说话了，她的嗓音还依稀带有往日的味道：“我们还认识你。上一次是我们两个人被押在一辆卡车上，你应该还有印象。那一次，就是在他们去捉拿你的时候，我们两个才趁机逃脱。”

我忽然想起了，那一次是我跟踪一个老人，准备取回那本古书。路上，一辆卡车从我旁边经过，车厢里的一男一女指示押解的军人来抓我。那一次，我就感觉那两个身影很熟悉。现在我想起来了，那正是表哥和杨小姐。

“我不懂，你们为什么要这样做？”站在一旁的薛荔眼睛里写满了迷茫，“为了自身的安全，必要时候除掉另一个人？”看着她困惑的样子，我想如果有时间应该向她解释一下。但现在没时间。

几个军人自表哥和杨小姐身后走来，我耸了耸肩准备束手就擒。

在我们的新社会里你们就是鬼

有那几条枪却对准了表哥和杨小姐。

只听一个为首的军人说:“你们两个狗特务,以为逃亡到此,以伙夫的身份做掩护,我们就找不到你们了?”几个人上去,推着他们两个人往前走。

我慢慢走向一旁,给他们闪开一条道路。老刘忽然大声地叫起来:“报告政府!我要立功!”但那几个军人仿佛没有听见,推着他们继续往前走。

惊魂甫定,我和薛荔拐进了另一条巷道,刚走出没两步,忽然,一颗子弹打在我头边的墙上,我一看,陈重端着枪正对着我们。我拉起薛荔扭头就跑。

天黑了,汽车亮起了鬼眼一样的灯,在大街上鬼鬼祟祟地走着。远远近近的一些音乐挂在霓虹灯上,上蹿下跳没个停歇。黄的灯、红的灯、绿的灯、蓝的灯点缀在正方体的、长方体的、圆柱体的高楼大厦之间。每个灯,都拓出一个空间。每个空间里,都有一种生活。这一切却和我们无关,我们无处可去。

我们对着一个下水道口无言地坐着。

此前,两只燕子不慌不忙地在这里蹦蹦跳跳。也许它们是在很小的时候,不小心从地面坠下水道的。这个猜想应该没有错,因为当我刚靠近它们时,它们中的一只钻进了下水道,另一只啁啾着向上冲去,在城市的上空盘旋了一圈儿,终究不适应外面的生活,不一会儿也钻进了那个下水道里。

路上,迎面走来一个人,瘦瘦的还驼背,拄着一根拐杖艰难地走着。他经过我们身旁时,身子忽然一个踉跄。我忍不住搀扶了他一把,心里想:这么大年龄了,怎么这么不小心呀。

我看清是个老头。他站在我和薛荔的对面,没有离开的意思,手伸在怀里摩挲着,也不说话,对着下水道口怪怪地笑。他笑得我心里也怪怪的,我口里掩饰道:"老伯你有什么东西掉进下水道里了?我帮你找上来。"

"谁要找东西?"瘦老头责怪着我的鲁莽,仍旧将手伸进怀里,一边摩挲着,一边说,"我在这里等着捉鬼呢。"

"捉鬼?"我扑哧一声笑了,"现在流行把捉虱子叫捉鬼?"

瘦老头又不高兴了,哑着嗓子说:"当然是捉鬼,鬼在下水道里飘来荡去。上面是人的城市,下里是鬼的城市。瞧,从这里下去往前走,拐两个弯是鬼的市政厅,再拐一个弯是鬼的法院。"瘦老头指指脚下又说:"这里是鬼城市通向人城市的一个要道,有的鬼犯了法,惧怕鬼法官的制裁,从这里逃向人的城市,从而继续作恶。"瘦老头说:"我要做的就是等在这里,抓住那些鬼,把它们送回应该去的地方。"

听着听着,我又笑了,上下打量着瘦老头说:"真瞧不出,老伯你还懂法术?"

"谁懂法术?"瘦老头板着脸说,"我不懂!我捉鬼靠的是阶级感情。"

"阶级感情?"我瞥了薛荔一眼。薛荔站在那里,也是镇定自若。

"让你们见识见识,什么叫阶级感情。"老者忽然挥动拐杖头向我砸来,“在我们的新社会里,你们就是鬼!”瘦老头在后面大喊大叫起来,“你以为我不知道你们是逃犯呀?”

我的枪掏出来了,对着那个瘦老头。他不动了,半晌,盯着我拿枪的手,阴森森地问:“你是个左撇子?”

“是呀!”我也冷冷地说,“我从小就左手握枪,准度绝对没有问题。老东西,你想不想试一试?”

瘦老头忽然说:“可射入李同志头颅的子弹是右手!”他上下打量着我,更加肯定地说:“杀死李同志的那个凶手,应该比你矮!”

在我们喝令下,瘦老头慢慢地往后退。不远处忽然警笛大作,几辆车亮着大灯朝我们开来。

我拉着薛荔的手,重新钻进下水道里。

通过眼睛的余光我看到她的眼泪

城市的下水道就像是一个大迷宫,我不知道自己在城市的什么位置,我感觉我们是迷路了。

拐了几道弯后,薛荔忽然不跑了。她一脸困惑地说:“那个老伯为什么这样?”

此后的一段时间,薛荔一直在沉默。我想跟她说点什么,可不知从何说起。我们就这样默默地走着。

渐渐地,地上有了水。令我意外的是,水是那样的清洁。我们走在水里,凉沁沁的感觉直达头顶。水流仿佛带着我们前行,遇到了长长的台阶,那水就无声无息地向下流去。薛荔在我前面,提起裤角沿阶而下,姿态显得十分优雅。过一道门,域界忽然宽阔起来。一池清水横亘在我们面前。从上方透下来几道光,一直深入水底。原本清澈的水,显得那样晶莹剔透,那样层次分明,那样恬淡宁静。

薛荔仍然走在前面,慢慢往前走。在我眼里,她仿佛慢慢融进水中。从上面投下来的光将她的身体勾勒出银边。不知从哪里飞来一些小小的蝴蝶,绕着她飞。红的蝴蝶,黄的蝴蝶,绿的蝴蝶,把她装扮得那么美。不过,那是一种伤感的美。

上了岸，我们坐在那里，对着水面发起了呆。

薛荔离开了一会儿，再回来时，递给我不知从哪里搞来的食物。我狼吞虎咽地吃了几口，忽然想起什么，抬头问她："你怎么不吃？"薛荔淡淡笑了，说："我刚才吃过了。"我惊异地望了她一眼，就不再作声，继续吃起来。

薛荔挨着我坐下，她摸着我额头上的一个肿块，心疼地问："是刚才那个老伯打的？"我满不在乎地说："没什么，我身上的伤多了去了！"薛荔的手指往左移动了一点，仍然按在我的额头上，那里有一个伤痕，是被把我卖到这个挖淤泥的公司的几个混混儿打的。薛荔的手指又移动了一点儿，那里也有一个伤痕，不过是一个旧伤痕了。我想起来小时候听乳娘说，那是她抱着我出门不小心碰的。它在额头上，有点像一条抬头纹，她观察得可真仔细。薛荔的手指按在我的后脑上，那里也有一个伤疤，是有一次遇到空袭，不知被什么东西砸的。薛荔的手指下移，放在我下巴上。这是一个小小的伤痕，是李胖子打翻我的酒杯时留下的。薛荔的手指挪到了我的左肩膀上，那里的一个牙痕我不想对薛荔说，那是我把小瘪三扑倒在床上时，被她咬的。薛荔的手指放在我的后脖子上，那个伤痕，是我和陈重在楼顶上搏斗时，被他打的。薛荔的手指还在我左胳膊上找到一个伤疤，那是在私立孝仁小学读书时，有一天晚上戏弄教授洋文的马小姐时，被警察抓住打伤的。薛荔还从我右膝盖上找到一个伤，那是我十三岁那年，有暴徒劫持杨小姐，我为了救她，带着她一起从桥上跳入河中时磕的。左边大腿上方那个伤疤，是在这个城市里被追兵用枪打的。找着找着，薛荔唏嘘起来。我感觉她可真够多愁善感的。我不再想说话了，心里想：这些是有形的伤疤，无形的呢？

我向她望过去。她还是那么年轻，仿佛永远白玉无瑕的样子。她把头偏向一边，嘴里轻轻地唱起了一首忧伤的歌：

说什么含情流盼，分明是销魂黯然；
说什么温柔可爱，分明是忧伤惨淡；
说什么嫣然一笑，分明是风霜雪剑；
说什么姣好容貌，分明是沧海桑田；
……

我的目光越过了波光潋滟的水面，看到了对岸的一支枪，看到了端着枪的陈重。不知为什么，我忽然不想再躲避。

从旁边射出一颗子弹，打在陈重的手腕上。几个军人从后面冲过来，这是我第一次在下水道里见到他们。为首的是那个瘦老头和王同志。这一切都在无声无息中进行。

我知道，李同志的死因真相大白了。

我就像看一场电影一样，呆呆地看着对面发生的一切。直到他们押着陈重准备离开时，我忽然如梦方醒，使劲冲他们挥着手，并且站起来，向他们游过去。

薛荔被我这突如其来的行动惊呆了，她回味过来后，跑上前拉着我的手，拼命地往回扯我："你疯了，你不要命了。"

我甩开了她的手，继续往前游，一边游一边冲那些人叫喊："你们快来抓我呀！"

薛荔追过来时，我已经被五花大绑起来，那种捆法使一根绳子横在我的脖子前，使我几乎喘不过气来。她含着泪上前来，想把那绳子调整得舒服些，但我转过身子，拒绝了她的帮助。"不要管我，我无可拯救。"我告诉她，"不是每个人都可以像你一样不吃饭的，我厌倦了，你懂吗，我真的厌倦了。"

通过眼睛的余光，我看到她的眼泪。她流泪了，那是哭我的背叛。我的心忽然被针扎了一下，感到无比痛楚。

此时，于水深处，传来悠悠的歌声：

兄弟放松点，
这样并不难，
请你试试看，
我的双手就在你面前，
我把它举上天。

兄弟放松点，
这样并不难，
请你试试看，
别让这道陌生的栅栏，
横亘你我之间。

兄弟放松点，
这样并不难，
请你试试看，
我的靠近如此坦然，
我俩前世有缘。

兄弟放松点，
这样并不难，
请你试试看，
你看那天空多蔚蓝，
鸟儿穿梭云间。

兄弟放松点，
这样并不难，

请你试试看，
深山中总会有汩汩清泉，
淙淙流淌打着漩儿。

兄弟放松点，
这样并不难，
请你试试看，
让我瞧瞧你这张帅脸，
狙击手的十环。

兄弟放松点，
这样并不难，
请你试试看，
别说这游戏已经不好玩，
别说你不耐烦。

兄弟放松点，
这样并不难，
请你试试看，
天大事情你一定要隐瞒，
真相让世界难堪。

兄弟放松点，
这样并不难，
请你试试看，
蹲下把双手让我看见，
记住动作要慢。

兄弟放松点，
这样并不难，
请你试试看，
少废话你无权说再见，
一切还不算完。

兄弟放松点，
这样并不难，
请你试试看，
再苦累也要坚持几年，
生命很快会耗干。
……

第三章　中年

我已经 45 岁了

我以为自己的生命要在监狱里结束了。有几次,我甚至以为结束的那一刻已经到来。那一年发大水,监狱把犯人分成两拨儿,一拨儿撤到高地,另一拨儿留下来保卫监区。我留在监区。我们找来许多木杠撑住一堵歪斜的墙,那是我们的最后一道防线。水一点点向我们爬过来,爬到了我的脖子上。我嗅到了死亡的气味儿,心里想这一次可能要结束了,后来我就渐渐地闭上了眼睛。不知什么时候,王警官游过来,大声冲我喊:“你怎么还在这里?你不要命了?”我咬着牙,吃力地说:“报告政府,我的腿卡在一个地方了。”王警官上来,使劲蹬开了几根木杠。墙“哗”一下就倒了,有一些砖迸裂而出。我浮了起来,但同时我发现王警官不见了。我钻入水中,看到了王警官,就使劲拉住他,不让他一点点往下沉。后来,我抓到了一根漂浮的木头,让王警官趴在上面,推着他走了 10 多里路。

有一年的一个早晨,全体犯人在大院里列队跑步,忽然我注意到了一双眼睛,在犯人群里愣愣地盯着我。我认出来了,那是陈重。他瘦了,但仿佛高了一些。以后,我们在大院中偶尔遇到,互相只是点一点头。有一次,他忽然过来,冲着我深深地鞠了一躬。我看到了他眼睛噙着泪。此后的情况没有什么变化。我们经常在大院里遇到,并不说话，只是相互点点头。3年后，他心脏病突发死了，被放在一张担架上，由两个犯人抬着从大院里经过。那天，我忽然有一种感觉，那个担架上躺的是我，我已经死了。

我们被命令干一些砖厂的体力活，我所在的一组有五个狱友，每天我们在一起搬砖、运砖。忽然有一天，我们组的一个狱友失踪了，是在收工清点人数时才发现的，谁也不知道他去了哪里。警察搜寻了一圈，回来宣布他已经逃跑。警察那一天对我们很严厉，回到监区后也不让大家回监舍，都在院子里列队蹲下。警察相继叫几个人单独去问话。一个小时后，几个警察过来，命令我站起来跟他们走。我被带到一个小房间，王警官走过来，眼睛死死地盯了我约5分钟，忽然拿过一把自动步枪，抵在我的脑袋上，厉声说："我们已经知道了，策划人就是你。"从那个枪口，我嗅到了死亡的气味。我摇摇头说："不是我。"王警官把一个用钢钉磨成的钎子举到我眼前说："这是从你的床下面搜出来的。你还有什么话说？"我心想：这一次，我结束了。这样一想，我的声音反倒大了："这是我磨的，我用它缝麻袋。好几个狱友的麻袋破了，都是我给缝的。"王警官没收了那根钢钎，临走时他说："你很喜欢缝麻袋，那去踩缝纫机吧！"我的生命没有结束，却被调到了缝纫组。几年后，几乎所有的狱友都穿过从我的缝纫机里缝的衣服，而我成了缝纫组最好的师傅。

日子真如大家说的那样，过得如流水。有一天，我忽然一想，我已经45岁了。这样一想，我就独自伤感了很长时间。晚上，我怎么也睡不着，后半夜，我忽然看到房顶摇晃。我大声叫起来："房要塌了！"警察过来，命令我闭嘴。那一天晚上，我提心吊胆的，总感觉房子要塌。第二天，我们大家列队在院子里跑完步，队长命令带回。我再次看到监舍在摇晃，又大声喊起来："房要塌了！"王警官过来，再次命令我闭嘴。鉴于我一犯再犯，他当众宣布了禁闭我的命令。可是我仍旧挣扎着不肯就范，嘴里仍是叫着"房要塌了"。就在撕扯期间，我们大家眼睁睁地看着半座监舍轰然倒塌。据说那是迄今为止400多年世界地震史上最悲惨的一次地震，造成了 40 万人死亡或重伤。

我们的监舍在身后倒下后，王警官当场走过来，拍一拍我的肩膀。此后，在一次转移中，所有的犯人都在泥泞中行走，而王警官却单独把叫我上了车。

大地震结束后，不到半年时间，我忽然得到通知：我的刑期已满。

王警官陪我做了一次全面的体检。完了，他告诉我，作为一个 40 多岁的人，我的身体还算健康。

我真的想不起来还有什么亲人，也真的想不起应该投奔哪个亲人。出狱那天，没有人来接我。我只带着一张“释放证”，由王警官陪着走出了监狱的大门。我站在门口，困惑地环顾着四周，似乎连空气都是那样的陌生。

王警官紧走几步，到了我的前面，转过身来冲着我微笑：“欢迎你出来。”这就是刚刚送我走出监狱大门的老警察，一分钟前他还跟我告别，一分钟后他代表着自由。我迷惑了片刻之后，理解了这种角色的转变，我也对他微笑了。

王警官请我去酒馆喝了点酒，他说：“其实你也不算老，还可以重新开始。”接着王警官感慨起来，“想当年，我也是一个风华正茂的警察，可你看我的头发现在已经花白了。”对于王警官的说法我深有同感，我甚至还能清晰地想起他当年风华正茂的模样。

“你现在是一个自由人了。”王警官拍拍我的肩膀，“今后有什么打算？”

这个我还真没有想好。我甚至有点愿意还回到原来的那个监狱里去，去挖地，去缝麻袋，去踩缝纫机。什么也不想，这样过完一生。

王警官仿佛已经知道我在想什么，他笑了笑，再次拍拍我的肩膀，离开了。我明白，他是用行动告诉我：那里已经不再接纳我了。

可我不知道我要到哪里去，去做什么。我的脑子很乱，脑子很痛。

我要去哪里？今后怎么过？这对我确实是一个难题。

她应该是一个活泼开朗的女孩子吧

有一段时间,我凭着那张"释放证",在几个城市里毫无目的地游荡。对于20年前曾经到过的地方,我会有更多一些的陌生感。我发现,最让人产生陌生感的东西不是建筑,而是一个城市的气味,当陌生的气味充满了城市的每一个角落时,即使在一幢20年没有什么变化的建筑前,你仍然有一种强烈的陌生感。

这种气味与其分子构成无关,就算是在医院这样的地方,飘浮在空气中的消毒水中仍然是陌生的气味。

透过这无处不在的陌生,我费力地找寻20年前的痕迹。好在一些建筑还在,尽管它们是那样的破旧,躲在一幢更高的大楼后面。多亏了它们,不然我真的要怀疑自己的记忆了。

在20年前那个储物室,从窗口向里张望的时候,一个老院工走过来。"我看你在这里转悠好几天了。"听完我断断续续的陈述后,他说:"我没有听明白你想查什么。是查20年前的一次手术?你到档案室去查吧!我不知道还能不能查到。是查20年前曾经在这里工作的那个护士?也去档案室吧!那里的老刘是院里资格最老的职工,她或许可以告诉你一点什么。"

档案室里坐着几个工作人员，大部分是40多岁，小部分是20多岁，都各自在忙着。只有一个50多岁样子的妇女好像闲着，就她了。

我讲了我所能想起的一些事：她应该是一个活泼开朗的女孩子吧？她把我关在储物室里，她还和几个医生合伙开主刀医生的玩笑。那时候病人很多，主刀医生忙晕了头。他给我和一个叫李玉的病人动了取子弹的手术，大家却异口同声地骗他说只有一个手术，而他竟然也相信了大家的说法。

档案室的几个人听了，从各自位置上发出嘻嘻的笑声。笑完了，老刘告诉我说，不用查什么档案，她从来没有见过我说的那个护士。20年来这医院里的护士都在她脑子里，根本就没有叫那个名字的人。

这个老刘在说这些话时，眼光有些躲闪。我注意到，她眼圈红红的。不知怎么，我感觉到她像是有什么事瞒着我。告辞后，我走到走廊一个角落里等着。不一会儿，老刘就出来了，一路躲躲闪闪地走着，在一个门前敲了两下，然后推门走了进去。就在她刚想掩门的时候，我一个箭步冲过去，把她推了进去。老刘大喊大叫起来，接着，里面传来尖厉的叫喊声。

不一会儿来了两个保卫人员。老刘对保卫人员说，自己患了角膜炎，带病坚持工作，有些不好意思，所以对人躲躲闪闪。但眼前这个人今天一直骚扰她，先是编造一个子虚乌有的故事跟她磨叽，接着又在后面跟随她走了几百米，最后竟然跟着她闯进了女卫生间。听她这么一说，我立即尴尬起来。保卫人员要我去办公室接受盘问，当他们看到我的“释放证”后，更是对我推推搡搡起来。

到了保卫科的门口，有一个女孩子迎上来，告诉他们，我是她的亲戚。在她反复道歉和保证后，保卫人员放开了我。我想起来了，是档案室的一个女孩子。刚才，我在档案室向老刘叙说时，她一直拿眼睛瞟我。

“我叫金珠。”她有些困惑地对我说，“你刚才在档案室提到的事让我很吃惊。我记得我们的老院长去世前,有一次我去家里探望他,他跟我提到了那件事。但他完全把它当一个梦来讲的。而你为什么却完完整整地把它叙述出来了?难道你曾经进入过他的梦?”

问清楚那个名字后,金珠答应帮助我。她说,人事档案室的钥匙只有老刘有。她一会儿去档案室,乘老刘不备,把她的钥匙藏起来。为避免我再次引起不必要的误会,她要我先去门诊楼那边等着,等下班以后再过来。下班后,我走了过去,金珠果然在那里等着。她向我晃了晃手里的一串钥匙,然后扭身走在我的前面。经过值班室时,她给我打了个手势,我们蹑手蹑脚地走过去。进了人事档案室后,她来回忙碌着。我什么忙也帮不上,只有在旁边等着。其间,值勤的保卫人员在外面敲门,她示意我躲起来后,打开门用一番解释打发了对方。后来,她搬出来又厚又大的几个本子,把脑袋埋在里面。过了好长时间,她抬起头,失望地说:“我查了所有的资料,没有你说的那个人。”

“当然,也不排除她是医学院来实习的、外院过来进修的或临时调来帮忙的这样的情况。”金珠安慰我说,“这需要查李玉的病历档案。无论如何,她总是要在上面留下痕迹的。”不过金珠又告诉我,今天晚上不行,我必须离开,不然一会儿值班人员会生疑心。她要我先离开,第二天再过来听她消息。

第二天,我们在约好的门诊楼会面。见面后,她失望地说:“那些档案已经遗失了。我通过所有办法,把我能查到的资料查了一个遍。但结果是,医院里没有这个人。”

听了金珠的话,我也失望极了。

照片中的人跟薛荔简直就是一模一样

“那个女孩子叫什么来着？哦，薛荔？”听完了我絮絮叨叨的讲述，金珠有些被打动的样子，泪光闪闪的。

我叹了口气说：“那个时候，我对她很不好。因为年轻，什么也不懂，所以做出了许多伤害她的蠢事情。我欠她的实在太多了。”

“你告诉我，那个时候，你对她很不好。”金珠想了想，认真地说，“但我感觉，你其实还是爱她的。只是你爱的方式不同。你那个时期的状况，是过着被人追捕的动荡不安的生活，你不忍心把她拖进去。你正是因为爱她才那样对她的。所以你一次次把她从身边赶开，所以你最终选择了投降。”

我得承认，金珠真是个鬼精灵的女孩子。但是从她的话里，我此行的目的，被加上一些暧昧的因素。虽然我还沉浸在对往事的回忆中，但还是坚决地摇了摇头说：“这个不是理由，有些事情，是不能用理由来原谅的。”

在我们相互告别的时候，那个鬼精灵的女孩子忽然问我：“你想过没有，假如你找到了那个叫薛荔的女子，你准备对她做些什么？”

这个精灵古怪的女孩子，总是问一些刁钻古怪的问题，我真不知道怎么回答好。我在心里问自己，我寻找的意义何在呢？经过20年，她的变化也一定不小，现在应该已经结婚生子，是一个中年人了。我准备对她做些什么？实际上，是什么也做不了，只能远远地看看她，确定她好好地活在这个世界上，确定她过得还不错，或者确定她过得不好，又有什么不同呢？我又能怎样帮助她呢？我又有什么能力来帮助她呢？也许本来就不应该找她。

金珠问我今后有何打算，她告诉我，她有一个熟人在一个裁缝铺工作，需要一个帮手。我既然过去干过个工作，她可以介绍我去试试。我摇摇头谢绝了金珠的好意，我还没有想好自己干什么。

公共汽车来了。我给金珠鞠了个躬，感谢她这些天来对我的帮助。金珠被我这种脱离时代的感谢方式闹了个大红脸，羞窘之下竟然伸手将我推上了公共汽车。

我越来越发现自己和城市生活格格不入。公共汽车是这个城市的隐喻，我穿梭在时间隧道中；20年的城市变迁像窗外的风景，我仿佛置身其中；来来往往的穿蓝衣服、白衣服、黄衣服的人流向我涌来，仿佛我时刻要被它们淹没。但这一切却迅速流逝，让我无法抓住，无法把握。

公共汽车在一个站点停了片刻，又开始动荡起来。忽然间一个画面在眼前闪过。我不禁全身一震，冲过去趴在车窗上向外张望。公共汽车把我的焦急晃荡了整整一站的路程，车刚停下，我就冲下车转身往回跑。

不是幻觉，它端端正正地挂在照相馆的橱窗中。我站在那里，痴痴地，嘴里不禁叫出来："薛荔，真的是你吗？"但理智告诉我，那不是薛荔。不，不，这肯定不是。那是一张崭新的照片，刚刚被照相馆的师傅挂到橱窗上，不知是在炫耀自己的技术，还是在炫耀那个人像的美丽。照片中的女孩只有20多岁的样子，她跟薛荔实在太像，简直就是一模一样。但恰恰因为此，她才不是薛荔。已经20年了，薛荔不可能不会变老，不可能永远这么年轻。

照相馆的师傅在擦拭橱窗玻璃，我走进去询问他那张照片的事，他瞪了我一眼，扭头不理我。我注意到他熏黄的指头，他再一次走进来时带上了一盒香烟。果然他的态度好了许多，帮我翻看了顾客的记录，告诉我，照片中的人不叫薛荔。那个人叫杜衡。那张照片在这里只能挂一天，因为按照约定，杜衡明天会来拿走它。但是说着说着，照相馆的师傅又叹一口气："如果明天不来的话，她也许永远不会来了。"

我吃了一惊。照相馆的师傅说："她前天将近黄昏时分到照相馆的。当时这里已经没有别的顾客，我准备下班了。但是……"照相馆的师傅指着那张照片，"她穿的衣服很独特，不是吗？虽然是头像，但你仍然可以看出来，她穿着一件白色的旗袍。当时我被她的打扮吓了一跳。要知道我已经有20多年没有看到这样的服装了。正是这个原因，促使我破例给她照了一张相。然而在她走之后，我却发现，她刚才坐过的地方，掉了一张纸在地上。"

说着，他递给我一张纸。只见上面写着："我快快乐乐来到这个世界，又快快乐乐离开这个世界。爸爸妈妈，我去翠鸣湖了。记着接我回家呀。"

我看了一遍纸上的字，有些茫然地交还给了师傅，师傅说："每年翠鸣湖都有几个寻短见的。"

我心中一震：这么说，它是绝命书？我想起来了，在狱中时，我曾经听说过发生在那个湖的一个著名事件，那是八年前，一位享誉中外的作家在湖边坐了整整一天和大半个夜晚，然后步入了湖水。

照相馆的师傅说："是啊，那天我捡到这张纸后，心里很放不下，就拿着它坐公共汽车赶到了翠鸣湖。结果绕着翠鸣湖转了一大圈，没有找到她，也不知道她现在怎么样了。这孩子年纪轻轻，长得又那么漂亮，怎么会有这样的傻念头呢？"师傅叹了口气解释说："所以我把她的照片挂起来，希望她看到自己的美丽，能回心转意。"

对于我来说，失望原是意料中的事。但照相馆师傅的一番话，不由得让我的心又悬了起来。我总感觉，那个叫杜衡的女孩，也许和薛荔有着某种关系。我第二天早早来到照相馆，希望遇到那个女孩子。然而等了一整天，她并没有来。第三天、第四天，她都没有出现。那张照片一直挂在橱窗里。这是一件很揪心的问题，有时我不得不把事情往坏处想，难道她真的已经出了什么事吗？因为这个事情，我在这个城市滞留了下来。两个星期后的一天我又去了照相馆，忽然发现那张照片不在了。我吃了一惊，忙冲进去问师傅。他告诉我，那张照片被顾客取走了。

我冲口而出："是照片上的本人取走的吗？"

照相馆的师傅说："当然是。"我释然了。

接着，照相馆的师傅又说："不过，我总感觉她的神情有些不对，拿照片的时候，我听到她自言自语地说'我不应该把它留下来，我们应该一起去翠鸣湖'。"他叹了口气，"但愿是我误会了。"

下午，我在医院门口等金珠。她下班后匆匆走出来，看到我以后，吃惊地问："你还没有离开？"我尴尬地笑了一下，问她："你那个熟人的裁缝铺里，还需要帮手吗？"

王裁缝在池塘里投下的身影显得那样飘忽不定

裁缝铺正式的名称叫服装加工门市部，只是大多顾客还按老习惯称呼。我是作为王裁缝的亲戚，去他所在的裁缝铺帮忙的。王裁缝所在的裁缝铺位于胡同深处，第一次去那里的时候，被金珠带着在胡同里七拐八拐，搞得我晕头转向。王裁缝大约50岁，是小个子，背有一点儿驼，脖子上挂根皮尺，老花眼镜下的目光有些阴悒。不知怎么，他的形象让我略略有些恐惧。

他对我没有初次见面的那种客气，而是扔给我一张写着几个数字的纸片儿："试试手艺？"我一看，原来是一条裤子的尺码，就很熟练地把那个尺码在一块布上画了出来，他走过来，有些粗暴地把我推到一边。他半天也不说话，像是在那里跟什么人生闷气似的。我有些不知所措地把眼光投向金珠，而她仿佛忘记了我的存在，站在那里也是很紧张的样子。终于，他说话了，问我："干过几年了？"我有些尴尬地回答说："六七年吧。"他嘟囔了一声说："白干了！"于是，他伸手在我作品上改起来，每画上一笔，直起身瞄上一会儿，姿态和前几天在街头写生的那个画家没什么两样。我一下就服了，从那改动的几笔看，水平远远在我之上。在金珠面前，我感觉很丢脸。他放下画笔，轻吁了一口气走开了，丢下一句话："他可以留下来。"

我给王裁缝打下手，老老实实学手艺，没出半个月，他对我就信任起来。有些不重要的活儿，开始放手交给我来干。到后来，接待客人的工作全部交给了我。再到后来，他干脆用柜子把裁缝店隔成两间，不再干涉我的操作。

渐渐地，我发现王裁缝有些不对劲儿。很多时候，他躲在自己的操作间里，除了吃喝拉撒，一整天也难得走出来。有好几次，我听到他在自己的操作间睡觉，低沉的鼾声响了约一个小时，又忽然像惊醒了一样停了，让人怀疑他昨晚是否安然睡觉。然而过后我向他询问，得到的却是坚决的否认。

有时候，我偶尔因什么事情向他请示，走进他的操作间，不是看他正拿着一块碎布发呆，就是站在那里嘴里念念有词。见到我走进去，他将手里的东西立即藏到了身后，神情慌张，像是掩饰着什么。后来，他来到我的操作间，闪烁其词地对我讲了很长一段话。听了半天，我恍然大悟，原来他在向我暗示，不要随便闯入他的操作间。他的这个态度，使我终于想明白，他不干涉我操作的原因不是出于对我技术的放心，而是因为他自身有问题。同时，这也使我终于想明白，他要我来店里帮忙的真实目的，是要我替他敷衍店里的事，好让他腾出手来做另外的事。我越来越感到他在偷偷摸摸做什么事。

接下来，他的情况愈演愈烈。裁缝门市部的活儿，他越来越心不在焉，做得越来越少，大部分活儿需要我去完成。我虽然没去他的操作间，但他那里的动静还是清晰地传过来。有时候是一阵急促的脚步声，那一定是他在焦躁不安地踱步；有时候是长时间没有动静，连板凳吱吱扭扭的声音也没有，那一定是他在某个地方发呆。不用说，在休息时间里，他主动走过来拉拉家常、传授几招裁缝技术，这样的事情越来越少了。破天荒的一两次就像是例行公事那样，一脸不情愿。在说着话时，他竟然也走神了。不过他立即察觉到了，赶紧掩饰。我发现在这个时候,他往往会流露出一丝惶惑不安的神色。

我来之后,王裁缝就把门市部里的床铺让给了我,自己搬到后院住了。夜深人静的时候,我有时会忍不住到王裁缝的工作间去察看一番,然而在那里却没有发现任何的异常。

一天晚上,我忽然在一阵燥热中醒来,披衣下床,走到窗边向外张望。满月当空,像一个容光焕发的少女,浑身透着皎洁和美艳。我忽然有了一种出去走走的冲动。

打开门,夜风轻轻柔柔地灌了进来,身上的燥热顿时消失殆尽。首先映入眼帘的是巷子里不宽的道路,它被月亮照得白亮亮的,眼光不由得顺着它的延伸处望过去,那里,飘着一个白色的身影。

有一段时间,我把那个身影当作了景色的一部分。然而,当它消失在拐弯处后,我猛然想起,那个背影不是别人,正是王裁缝。意识到这个情况后,我心里不由得生出疑问:这个时候,他去哪里呢?联系起最近在他身上感到的怪异,我不由得疑窦丛生。我拉了拉披在身上的衣服,加快步子,悄悄地跟了上去。

这个胡同里道路纵横交错,就像是一个迷宫,和金珠第一次来时我就有些迷向。被王裁缝带着拐了几个弯儿,我就不知道到了哪里。他的身影一直在我的前方,一会儿暗一会儿明。走过一些建筑投下的阴影时,他的身影像是沉到了水底,而重新回到月光中后,他的身影就像忽然从水底浮了起来,白白亮亮的。四周阒寂无声,更是增加了它的画面感,给了我一种不真实的感觉。

他身上的衣服引起了我的注意。它有着纯白的颜色,像是睡衣的样式,但与常见睡衣不同的是,它的光洁应和了月光,它的柔软使穿它的人也有些飘浮。尽管它作为衣服穿在身上有点怪怪的,但我对它并没有陌生的感觉,似乎在哪里见过,不过一时却怎么也想不起来。

走着走着,我突然打了一个冷战。我想起来了,那是外公的衣服。外公在世的时候,夏天里,穿的就是这样的一件衣服。我仔细盯着前面的人，感觉他越来越不像王裁缝，越来越像我的外公。难道走在我前面的人不是王裁缝，而是我的外公？想到这些，一阵寒意从我脑后掠过，我身上的汗毛几乎都要奓起来了。

前面的身影把我带进一个院子里，那是一个空旷的院子，院子里有一个大大的池塘，池塘的对岸有一座孤零零的水塔。王裁缝在池塘里投下的身影，显得那样飘忽不定。

忽然，那个身影不见了，就像融进水塔的阴影中一样。我吃了一惊，急速地环顾四周，无论如何也不能想象，一个身影为什么会忽然消失？院子还是那样空旷，水塔还是孤零零的，都是一副清白无辜的样子。水塔又细又高，仿佛直插云霄，而在月光下的阴影却又粗又矮，只有黑黑的一团。

我看到了一个土堆，它躲藏在水塔的阴影里，如果不仔细看，就会被忽略。我走近它，仔细打量着。它的高度和形状，使它看上去很像一个坟墓。我摸到了一个牌子，它上面仿佛有着一行文字。“啊？王裁缝之墓！”

我从那个院子逃走了，直到拐上一条宽阔的公路，才敢靠着一根电线杆停下来。那个牌子仿佛依然在我眼前晃荡着，它上面赫然写着“王裁缝之墓”五个歪歪扭扭的大字。怎么会这样？和我朝夕相处的王裁缝，难道是个鬼魂？我感到自己全身都在发抖。

交谈的两人中有一个名叫杜衡

正是黎明前最黑暗的时间,我唯一能看清的只是这一眼望不到头的公路。远处两处鬼火一样的光晃晃荡荡向这边飘过来,那是早班的公共汽车。我看到附近的停靠点,急急地冲向它。

很长的公共汽车,车里稀稀疏疏地散布着几个乘客,影影绰绰地看不清脸。我找到了靠后的位置坐下。

回想起刚才的状态,我还是有抑制不住的恐惧。站在空空荡荡的公路上的时候,我深切地感到了一种恐惧。那并不是因为我认为自己撞见了鬼,而是因为我发现了自己孤立无援的处境,我发现了孤立无援是我这个40多岁男人的真实处境。这就是我为什么那么急急地冲向这辆开过来的公共汽车的原因,我想摆脱这种境地。

接着,我陷入一种沮丧的情绪中。在一个人40多岁的时候还会相信世界上有鬼,还会为它感到害怕,这实在是值得羞愧的一件事。今天晚上遇到的事情,无非是两种情况:一种是前面那个身影不是王裁缝,是我的一个幻觉,是围绕在王裁缝身上的疑团,导致了我精神的紧张;另一种是前面确实是王裁缝,他刚才肯定是钻入一个洞穴之类的东西中。我很后悔刚才没有仔细寻找,如果在水塔和那个状似坟墓的土堆周围,发现一个洞穴之类的东西,一切怪异就迎刃而解了。另外,关于那个牌子上的文字,想来应该不过是两种情况:一种是那是一个巧合,是另外的一个王裁缝;另一种情况是王裁缝是在吓我。这也是我冲向公共汽车的另一个原因,我想到了金珠,想去问一问她王裁缝的真实情况。

公共汽车有两个车门,我在后门旁坐着,说是后门,实际上位于车厢的三分之二处,后面还有五六排座位。车上人很少,光线很暗淡。原先我后面隔三排的位置坐着两个人,两个人挨得比较近,像是互相认识,但一直默默无语。车走了一站,其中一个人站起来,低低地说了声"二位再见"就下车了。他的话没有得到回应。等车重新动起来时,我暗暗感到有些好笑:他只有一个同伴,却说"二位再见",难道另一位是指我这个陌生者?又到了下一站,另一个也站起来,临下车前,他又低低地说了声"我下车了,再见"。车内仍然没有回应声。我再一次奇怪了,后面已经没有人了,他难道还是跟我打招呼?下一站离得比较远,车晃荡了很长时间也没有停下来。我越来越感觉,那两个人不像是跟我打招呼,尤其是后面那个人,根本没朝我瞧一眼,这哪里是打招呼的样子?难道我的后面还有一个人?这样想着,我忽然看到了车窗上映着的一张脸。

那根本不像人脸,却分明是一张人脸。它印在窗玻璃靠上的位置,轮廓是那样的模糊不清,眼睛和嘴巴的部位似乎发着幽幽的蓝光。她像一个女人,而脸却相当扭曲。更要命的是,她长时间盯着我一动不动,表情十分怪异,既像是在哭,又像是在笑。我已经感觉到她所在的位置了,她就在我的身后。她呼出的气息,似乎凉凉地吹到我的后脖颈上。我不敢回头,可以想象回头后会看到一副怎样可怕的面容。

整个公共汽车内,只有驾驶员上方的那只钟表发出惨淡的光,我往那里瞥了一眼,不由得暗吃了一惊。那钟表的时针指向"2"的位置。这是怎么回事?难道现在是凌晨两点?夜里两点怎么会有公共汽车?

我的脑子里盘旋着一个巨大的疑问。车不停地左右摇摆,外面漆黑一团,不知行走在哪里,不知是否在行走。车内影影绰绰,前面散布的几个脑袋,像是在坐椅靠背的上方飘浮着。

我又朝那个钟表瞥了一眼。那是一只形状怪异的六角形钟表,除时针外,另外两根表针在清晰地行走着。天哪,那根秒针在逆时针行走!我的头皮猛然像被什么箍紧了一样,从心底生出一种恐惧。我开始坐卧不安起来。

就在这时,我感到自己的腿被一只手攥住了。在我的惊叫声就要冲口而出时,一个声音自下方哑哑地响起:“对不起,我在找我的手表。”原来后面还有一个人,他在位子上躺着。在赶早班车的乘客中,很多人都有这样的习惯。我长舒了一口气,难怪刚才两个人下车时说“二位再见”“我下车了”,原来是在跟他打招呼。接着,我看到地板上有一只手表。那是一只夜光手表,像是已经坏掉了,三根表针各顶着一块圆形的磷光。它一动不动,所处的位置恰好构成了一张人脸。原来映在车窗玻璃上的就是它。我越发感到自己好笑了,活到40多岁了,还会被这些东西吓到!

前面有乘客把车窗打开一条缝儿,风飘了进来。我嗅出来了,这是晨风特有的味道。

又过了两个车站,陆陆续续上下了几个乘客。有相识的人在低声打着招呼。

这以后,从后门上来一个人,坐到了我的前面。从轮廓,我判断他穿着流行的军式服装。他的身上有一种特殊的味道,潮潮的、酸酸的,还夹杂着几丝血腥味。我注意到他的身子在抖动着、蜷缩着,像是很冷的样子。我怀疑他病了。但紧接着听到他的抽泣声,低低的,却又压抑不住的样子。那是男人式的悲鸣,像从森林深处发出的野兽的怒号,让人听了不由得震颤。我很想劝慰他几句,却又不知如何开口。

又上来几个乘客,周围渐渐坐满了。车厢里失去了安静,嘤嘤嗡嗡的交谈声此起彼伏。不知从哪个角落发出两个细细的声音,清晰地传到我耳边。那是两个相识乘客间的寒暄。猛然我打了个激灵,我听到了杜衡这个名字。

没错,交谈的两人中有一个名叫杜衡。对于这个名字,我真是太敏感了。我不由得坐直了身子,竖起耳朵捕捉那两个声音。那个叫杜衡的女孩子,正在回答对方的询问。她说出了翠鸣湖,这又是另一个让我敏感的名字。她告诉对方,她正是要在那一站下车。我大吃一惊,耳边立即响起了照相馆师傅的话。天哪,这个时候,她去翠鸣湖做什么?难道是……

我不由得紧张起来。

行走中的公共汽车,晃荡得越来越厉害了。接着,它停下了。一个年轻女子的身影从前门下去。我忽然意识到翠鸣湖到了,如梦方醒般站了起来,从后门冲了下去。

是因为她跟我的一个故人长得很相像

作为一个著名的城中湖,翠鸣湖给这个城市带来诸多灵气。不用说,在阳光明媚的日子里,它曾忠实地做了白云、蓝天、绿树们顾影自怜的镜子。就算是夜晚,无边无际的黧色掩盖在它的身上,亦能凭着那耳畔的潺潺声和身上的微凉,传达给人们另一番风韵和神秘。

湖水在我的脚下轻轻地拍打着堤岸,低垂拂面的柳枝摇曳着。四周影影绰绰的,只有偶尔经过的汽车的灯光,才能冲破这如丝如缕绵绵不绝的夜色。借助那个瞬间,我才能看到前方的远处。那个叫杜衡的女子,她仍然沿着岸边徘徊。柳枝抽打在她的身上,她也浑然不觉。

有一会儿,她在一条长石凳前站住,默默地站了一会,慢慢坐下来,像是很专心地盯着混沌不清的湖面。有一会儿,她像是下定决心站起来,静静地走到湖边,像是在酝酿情绪又像是犹豫不决。然后,她又退回到石凳旁,慢慢地坐了下去。黑暗是漫长的,在下一辆经过的汽车划破夜色之前,我只有通过耳朵来捕捉前方。在我的想象中,湖水仿佛没边没沿,慢慢地升上湖岸,又慢慢地升上石凳,渐渐地吞噬了她。

又一辆汽车的前灯从前方扫过,那里忽然变得空无一人。正惶惶不安的时候,我听到远处一个喊声:“有人跳湖了!”

我吃了一惊,循着声音望去,只见远处几道手电筒的光在上下乱扫。有一个青年从我身边匆匆跑过,看他的打扮像是一个晨练者。我跟在那个人后面,朝那个方向奔跑。湖对面人声嘈杂,一会儿听有人喊“取长竹竿”,一会儿又有人喊“竹竿太短,够不到”,一会儿又听人喊“坏了,已经沉入水中不见了”,我焦急万分地跑着,感到自己快要崩溃了。有一个身体跃入水中。又有声音在指挥:“不要迎面接近!笨蛋!那样会被溺水者抱住不放!从身后,从身后靠近!拉住!”我听到他们已经手忙脚乱地把溺水者推上岸,大呼小叫地在清除其口内的泥沙等污物,以保持其呼吸通畅。我跌跌撞撞地跑过去,扒开围观的众人往里钻。只见一个救护人员一腿跪地,另一腿屈膝,使溺水者头下垂,拍打溺水者背部。俯卧在救护者膝盖上溺水者的嘴里,正有一些液体流出。接着他咳嗽了几下,开始一下一下地呕吐。我认出了,那是刚才在公共汽车上时,坐在我前面的男子。我瘫倒在地上。

坐了一会儿,我站起来,推开人墙,慢慢离开了人群。

不时有汽车开过。两道车灯从湖面上划过,一直扫到远处湖心亭上。在那里重新陷入黑暗的一刹那,一位衣袂飘舞的白衣少女立在水天相连处的画面,深深地印在我的脑子里。我刚刚落下的心再一次提到嗓子眼上。

黑暗中,我沿着曲桥急匆匆往那个方向赶。忽然,我嗅到了一股奇异的香味,一个柔软的东西挟着温热撞进我的怀里。接着,她的身子在一声低声惨叫中反弹出去。

我一惊之下,慌忙去寻找那个黑影。她蹲在地上,娇声呻吟传入我的耳朵:“哎呀,叔叔,你跟在我后面走了大半个湖,就是为了撞倒我?”从声音判断,那黑影是一个女子。

我一愣,上下打量着这个黑影,迟疑地反问道:“你是不是叫杜衡?”我心里很是奇怪,难道撞上的这个人竟然是她?

"是。"杜衡嘻嘻的轻笑声在夜色中微微振荡着。

我一时手足无措起来,不知是否应该去搀扶她一下,尴尬地站在那里。杜衡站起来,缓慢地说:"叔叔,你就是那个裁缝?听说你一直在找我?"

我更加尴尬了。原来她知道我在找她!

"可以告诉我吗?"杜衡问,"你为什么要找我?"

我听到杜衡口口声声喊我叔叔,不知为什么心里有一点酸酸的。确实,听她的声音,只有20多岁的样子。面对她的问话,我语塞了,是呀,为什么呢?是因为她跟我的一个故人长得很像,从而不自觉地移情到她身上?在得知她产生了厌世的念头时,不知不觉产生了怜悯的情感?但这些理由怎么能说出口呢?

我们在黑暗中慢慢地往前走着。湖边忽然安静下来,鱼翻腾的声音不时自水面传来。湖水的清新味道浸入我的肌肤,让我有一种飘飘然的感觉。我知道她仍在等我的回答,就深吸了一口气,慢慢地说出来。

"哦。"她发出了一声释然的笑声,过了一会儿,她犹豫着问,"其实,我也很感兴趣呢。到底我的模样和你的那位故人有几分相像呢?"

我再一次无言了。说实话,除了那张照片,我还没有真正见到她本人的模样。

她仿佛听到了我的心声。"好呀!"她站住了,面对着我,低低地娇笑一声,"那你就仔细看一看吧!"

她默默地站在我的对面,由着我向她望去。不知为什么,我的心忽然怦怦直跳。一辆汽车开过来,我按捺住不平静的心情,努力做好一切准备。车灯从她的身上扫过,使她的面部亮了约两秒钟。我终于见到了她,不由得"呀"了一声。

我们的周围又陷入一片黑暗中。

她的模样印在我的脑子里,长发微微弯曲垂在胸前,一双大眼睛有点朦胧和忧郁，看不出化妆的痕迹，也没有装饰品，白色的确良衬衫的下摆束在腰间，裤子是墨绿色，朴素，恬淡，显出时代的美。

过了好一会儿，她才又笑着问："看到了吗？"

"看到了。"我老实回答。我的心还在怦怦地跳。那正是她，眼前这个大约20岁的杜衡，正是20年前她的样子。我不禁想起了她，那个年轻时和我一起出生入死的女子。为了掩饰自己的情绪，我把目光投向了湖面。一丝晨曦中的湖面，几只系在柳树上的小木船在荡来荡去。不远处，无数只雪白的水鸟，或伫立在泛着涟漪的湖面，或歌鸣着飞来掠去。我忽然感到自己热泪盈眶。

杜衡走到了我的前面，站在水边，长久地对着那里发呆。她捡起一个小石子，向水面丢去，湖水溅起一朵小小的浪花，涟漪一圈圈向四周扩散。我开始不断提醒自己，面前站立的，是一个有厌世情绪的女子。我努力控制着自己有些泛滥的情绪，想问她为什么会有那些消极的想法呢，但那些话已经到了嘴边，却怎么也说不出口。我忽然感到，此时此刻，我们的心灵一定是相通的。黑一块紫一块不断变换的湖面，在我们的眼里都是一样的斑斑伤痕，我们的心情都是一样的空空落落。

我听到她一声长长的叹息。不知什么时候，她已经站在我的对面，用一双大眼睛定定地看着我。我所有的勇气都四散溃逃，惶惶地把眼睛躲到了一边。她从我身边走过，忽然冲动似的从后面抱住了我。我吓了一跳，感到全身的血液都在往头顶涌，正在想着是否应该推开她，她却忽然又放手了。只听她无限忧伤地叹了一口气，说："叔叔，明天晚上你还来吗？我会告诉你一切。"

穿透衣裳的冰冷的刺激使我有些兴奋

直到上午9时许，王裁缝才姗姗地走进裁缝铺。他强作笑脸冲我点了一下头，就闪身进了自己的操作间。我注意到他的脸色很苍白，想问他点什么，但忽然对他的兴趣大为减弱，就又低下头，继续拆开衣料上的一道缝线，那是我刚才心不在焉中的错误。

整整一天，我都在心神不宁中度过。

我决定了，翠鸣湖我是坚决不去了。

当然最好的办法，也许是给她写一个纸条，说明一下不去的理由。怎么称呼？杜衡同志？这样的称谓可以理解为公事公办，拒人千里之外，但同样也可以理解为某种暧昧。杜衡小同志？凸显年龄的差别，却少了严肃性，容易让人以为我是那种可以随便开玩笑的人。杜衡？直来直去，这几乎就是密友之间的称呼了。我发现不管用什么称呼，所起的作用都不是直截了当消除误会，而是有可能起到增加误会的效果。

还是言归正题吧，还是告诉她我难以抑制的愤怒吧。我不知道应该如何表达这愤怒，才能让她明白戏弄一个老男人是应受到谴责的。即使她的想法很单纯，只是想给湖边过往游玩的人们提供一个笑料，那也应该考虑一下我的尊严。一个头戴破檐蓝帽、脖挂软尺、胳膊套袖筒、后背渐驼、皱纹渐现的裁缝和一个头发漆黑、眼睛如水、身材窈窕的妙龄女子,谁都知道这之中老与少的不协调,美与丑的强烈对比。如果有人希望利用这些来制造某种滑稽可笑的效果,那么我只能告诉她,我拒绝合作。

当然,我也承认,这一切也与我不无关系。因为她长得很像我的一个故人,我怀疑她们之间有某种血缘关系。这是我到处寻找并跟踪她的原因。另一个原因是,出于对一个故人难以割舍的情感,使我不自觉地移情到她身上,在得知她产生了厌世的念头时,不知不觉产生了怜悯的情感。我干得过于鲁莽了,这让她有了可乘之机。一句话:我这是自取其辱。我只有终止鲁莽的行为,不再骚扰她,才是保持尊严的最明智的选择。

总而言之,这是一个彻头彻底的误会,我应该请她原谅。她是一个漂亮的女孩子,有很多种多姿多彩的生活可享受,将来会有一个英俊的男孩子为伴侣。我是一个年龄上可以做她叔叔的人,已经没有了玩的资本。40 年来,我受到的折腾太多了,我历经的磨难也太多了,早在 20 年前,我就已经感到身心疲惫了,我已经向他们投降了。经过 20 年的牢狱后,我更是只希望安安静静地走完一生,不想再折腾了,不想再失去平静了。

我不明白,本来是要表达愤怒,怎么到后来,简直就有一点像哀求了。我有点生自己的气,45 岁的老男人,却被一个 20 多岁的女子搞得心神不宁。

这天晚上,翠鸣湖是那样的骚动不安。这是我坐在岸边时,最强烈的一个心理感受。时间在一点点流逝,稀少的准备离开的游人已经被夜色吞噬了。我有点坐不住了,站起身向前迈了几步,低头看着脚下的湖水。月光不知不觉中已浸入湖底,天色与湖色由深蓝变成深黛,几条暗影在混沌中游来游去,无法估计它们的深浅,但还是感到它们是那样的不平静。

她还没有出现，这让我有一丝微微的失望。但同时我又想，幸亏她因故没有来，否则我的心可能无力承受这一切。

月亮躲进了厚厚的云层，柳树长长的枝条隐在黑夜中，沿着乱石岸走了不知多少时间，我终于有些累了。记得湖畔应该有一些宽大的石凳子，我的膝盖碰到一个坚硬的石体，弯腰用手摸着它的边沿，不料却摸到了一个温热的身体。那石凳上睡着的黑影猛地跳起来，惊得我往后退了半步，一屁股坐在一块石头上，胳膊却已经被一只手挽住。一个娇嗔的声音在我耳边响起："你怎么才来？我都已经在这里等你半晚上了。"

我想起了此行的目的，轻轻地甩脱了她的手，结结巴巴、逻辑混乱地表达着自己的思想："我来此告诉你，我拒绝你的邀请，我要告诉你这中间的误会，我跟踪你的真实原因。当然，对于你昨天的冲动，我感到很意外。我的年龄已经可以做你的父亲了。我也有尊严。我很生气，这像是什么样子！你的目的是要戏弄一个老男人吗？"

她捂住了我的嘴，轻易地制止了我喋喋不休的话语，牵起我的手往前走，我攒足力量的抗拒立即被化解。我感到，我正走向某种死亡。

在她的牵引下，我哆哆嗦嗦坐下来，抓着石头下了水。脚在下面探索后终于落下，湖水已经没至我的胸口，穿透衣裳的冰冷的刺激使我有些兴奋，我开始平伸双臂向湖心移动，好像一个盲人。水渐渐没至脖颈，我感到一种恐惧向自己袭来。当水淹没了下颌时，我再也忍不住，上下牙开始撞击起来。脚下一滑，身体立即失去了重心，双脚乱蹬、双手乱划想找到坚实的东西，可怎么也找不到。我一张嘴，湖水立即乘虚而入，我心里想：我要死了，这也许正是我期望发生的结果。我的挣扎慢下来，睁开眼睛看自己翻滚着沉入水底，这时我在头顶忽然触到了一块坚硬的石头，那是湖岸的石头。我一个激灵，蜷起身子双足猛一蹬，头终于跃出水面。我忽然发现，月亮变得这样的亮。杜衡还在我身边,原来她一直没有离开我。她轻声地对我说:“瞧!她在湖心亭子。”

我看到湖心亭子里坐着一个瘦瘦小小的女孩。她有十四五岁,一副惹人怜爱的模样。我似乎在哪里见过她,努力地思索了半晌,忽然想起了《海的女儿》!就是她!我在服刑的时候,有一个狱友是作家,他曾经给我讲过一个故事,叫《海的女儿》。在我的心目中,她就是这个样子。

杜衡轻声对我说:“她叫吕芳。你看到的绝命书,就是这个女孩子写的,她已经被好心人搭救好几次了。”

说完,她拉着我一起上岸,走向那个小女孩吕芳。看到我们走近,她翻眼看着我们,也不说话,眼光略略有一丝敌意。

杜衡小声对我说:“她已经有好几年不说话了。”说完,对着吕芳大声说:“这就是我给你带来的叔叔。他会带你去一些好玩的地方,做一些好玩的事情。”

不知怎么,听了杜衡的话,我心里忽然泛起一丝苦涩。说实话,我自己都不知什么是好玩的地方,什么是好玩的事情。对这个患抑郁症的吕芳,我更是不知怎么样才能让她高兴起来。

那件旗袍穿到了她的身上

那个女孩进来了，从王裁缝那里得知，她叫王彩凤。

尽管已经有了思想准备，但当我看到在深夜里，这个地下的库房里，真的走进一个女孩子，还是吃惊得几乎要叫出声来。

我的嘴被王裁缝的大手捂上了。通过王裁缝的手，我感觉他在微微发抖；同时，透过暗淡的光线，我看到他眼里带着可怕的疯狂。

王彩凤进来后，把一个手电筒放在地上。借着它的光，我看到，她穿着一件不合体的、社会上流行的黄军装，背着一个黄布包。看上去瘦瘦小小的她，并没有什么出众之处。

一年前，她就是以这种装扮走进裁缝店。她自我介绍说，她的名字叫王彩凤。那是一个很有意思的名字，听起来很像是“王裁缝”，所以王裁缝认为她是在开玩笑。她压低声音说：“你做旗袍吗？”王裁缝还是认为她是在开玩笑，没有怎么在意。谁知她离开时，忽然交给他一张纸片，说“来我家玩吧”。他才不由得吃了一惊。他理解这句话的意思。她是要他去上门做服务。他知道这是不可能的，多年前这种经营行为就被禁止了。

半夜，王裁缝从梦中被惊醒。他想起自己刚才的梦境，有许多身穿旗袍的女子在眼前晃来晃去。他知道那是王彩凤造访的缘故。旗袍是资产阶级小姐太太的东西，十多年前已经绝迹了。而且，根本就没有布料了。

吵醒他的是电话铃声，街道办事处的公用电话离他的住所有五百米远，但是在深夜里，它的声音却很有穿透力。王裁缝想：不知是谁这么晚还打电话。

传达室的老头来喊王裁缝接电话。电话中是王彩凤的声音："你快来吧，那张纸片上写有地址。"王裁缝再次吓了一跳。他生怕传达室的老头听到通话的内容。他很清楚，在公开场合讨论这些，会受到多么严厉的批判。好在老头并没有把心思放在这里，他只是对深更半夜的来电反复抱怨。

王裁缝没想到，他竟然会真去那个地址。怪不得这些东西被称为毒草，只是因为听了一下它的名字，王裁缝就中了它的毒。

王裁缝也没想到，在此后的一年时间里，他的毒中得越来越深，经常深更半夜去那个地方。当然王裁缝还没想到，他背着我去那个地方的事情，自以为做得很严密，却被我看出破绽，被我在几天前的一个晚上跟踪，从而在这个晚上，我终于发现了他的秘密。

从王裁缝的讲述中，我得知在来到那个地址的第一个晚上，看到了那个"王裁缝之墓"的牌子后，他同样也感到了恐惧。不过，他随之而来的想法，是有人在搞恶作剧。于是他动手把那个牌子拔出来，没想到却发现了牌子后面隐藏着的一个秘密。那里有一个直径不到一米的洞，他用打火机的光往下面照了一下，发现洞呈斜向延伸，临近洞口处有几根镶嵌在洞壁上的钢筋扶手，接着就是一道长长的台阶，显然它通向地下某个地方。他在洞口略作迟疑，俯身钻了进去。在通道的尽头，他发现了一个地下室。

这就是王裁缝的秘密。他发现了一个贮藏布料的地下室，一匹匹印花府绸、色织府绸、织锦缎、古香缎、金玉缎、绉缎、乔其立绒、金丝绒,印着“富丽绸缎呢绒,37 年”标志。这说明,它们可能在这里已经存放了 30 年左右。年轻时王裁缝曾经听说过,富丽绸缎呢绒是专营高档绸缎的商店,它的所在地是南方一个城市。民国 37 年应该是它创办的时间,但它的货物出现在这里,却不知是出了什么变故。

同时让他中毒的是一本书,一本放在布匹上的写于 20 世纪 30 年代末的讲述旗袍的书。

王裁缝说,那书名叫《潮流津梁》。书中没有作者的署名。在它的序文中,提到了缝纫业尊为祖师的轩辕氏黄帝、棉纺织革新者黄道婆、旗袍的发明者黑娘娘,叙述了旗袍的沿革,提到了“奉帮裁缝”“本帮裁缝”这样一些流派,还提到了“鸿翔”“朋街”这样的名店及张尚义、王睿谟、江良通等一些裁缝名人。不过,在对上述的一切描述中,统统表现出一种不屑。

书中认为,好的旗袍都是服装师运用手上功夫一针一线巧手缝制的。因而,首先用大量的笔墨,来讲述“手功”,主要有扳、串、甩、锁、钉、撬、扎、打、包、拱、勾、撩、碰、搀等 14 种工艺手法。然后主要的内容就是详述旗袍的制作,以及领的分类、袖的类别、花纽的种类、襟的款式、开衩的高度、绲边的制法等。

那一晚,在那里,他并没有见到王彩凤。

我终于知道了,王裁缝躲在操作间所为何事。过去我一直奇怪,店里的生意很清淡,完全不需要帮手。原来他要找一个帮手的原因,是要帮手替他敷衍店里的生意,而他自己却沉浸在新发现中。

他中毒了。每到晚上,他就不自觉地偷偷去那里。只有不停地抚摸着那些布匹,甚至躺在它们中间,他才能渐渐地安然入睡。在地下室放置了很多年的丝绸并不冰冷,就像是光洁细腻的人的皮肤,甚至仿佛存有体温。

终于,他带去了一个手电筒,借着它的光,用剪刀和针线,动手做了第一件旗袍。按那书中说法,真正的旗袍一定是要纯手工量身定制,仅“量体”步骤就要求测量全身上下 36 处。然而没有人做他的模特。他想象中有那样一个女子,他就按那想象中的体形做。有时候,他几乎做了整整一个晚上,直到快天亮时他才意识到被人发现的严重后果,才把没有做完的活儿藏在众多的布匹中,匆匆地离开。

然而到了晚上,当他从码着的布匹找出那个活儿时,不由吃了一惊。没有完成的旗袍显然被人试穿过,因为在一些部位被人用粉笔做了一个小小的记号。那是一个女子,在用自己的身体为旗袍做修正。他想到了一个人,那就是王彩凤。但她是什么时间到那里的,又是怎么找到那个活儿的呢,王裁缝却想不明白。后来很长一段时间,他多次看到几个小小的记号,渐渐明白了那些记号所代表的意义,按照它不断修正自己的作品。不过,他从没有看到她的身影。他的心头一直盘旋着一个疑问,他想那只能是白天,但是白天他是不敢离开裁缝门市部去那里求证的。

有一天,王裁缝在裁缝门市部做活儿,偶一抬眼,看到外面的路上走着一个女子。他认出来,那就是王彩凤。他立即走出去,跟她打招呼。没想到,她对他十分冷淡,瞪了他一眼后,几乎是怒气冲冲地离开了。那以后将近一个月时间里,那些记号都没有出现。他想到,那可能是对他的唐突行为的惩罚。没办法,他有一次离开时在活儿中间夹了一张纸条,在上面跟她说:“对不起!”

那场风波过去后,她和他达成了默契。他不再试图跟她做面对面的交流。她会在天亮前那段时间到达,而他自觉地在她到达前离开。但是有一次他来不及离开,看到她推门,他迅速躲起来,装作不在场的样子。当她换上新的旗袍后,他却忍不住偷偷溜回来,躲在布匹后面偷看。这开了一个很不好的头。以后,他长期陷在一种偷窥中不能自拔。不知那个王彩凤是否也中毒了,每次都沉浸其中,竟然对外界的偷窥十分麻木。

王裁缝的手还捂在我的嘴上。在我们四只眼睛的窥视下,那个女子开始脱衣了。暗淡的手电筒光下女子的裸体，准确地说，只是一个瘦骨伶仃的、没有色彩的轮廓。

王裁缝忽然紧张起来。他扭回头，哆哆嗦嗦地说："我不敢看了。她今晚试的是那一件。我为它整整花费了两个月时间。"

那件旗袍穿到了她的身上，我的眼睛为之一亮。那是一种丝质的面料，绛红略显黑的绒面上夹杂着半透明的花纹，看上去既轻薄又厚重，可以想象它摸上去的柔软和滑爽。

"她穿上了吗？"王裁缝还是紧张地把头冲着墙。

我轻轻地说："穿上了。"我的目光被她吸引了，那紧身的裁剪，将她娇小玲珑、凹凸有致的身形凸现无遗。

"可她并没什么表示。她好歹也应该有所表示呀！"王裁缝没有抬头，在那里小声抱怨着。

接着她有所表示了。她腰肢轻摆，莲步微移，那一举手、一投足之间不经意流露的娇羞与妩媚，那一摇曳、一拂动下若隐若现的韵味和娴静安怡的气质，让我有如沐春风的感觉。我惊诧，一个平凡的女子顷刻之间有了灵气，变成了妖精一样，全身无处不透着熠熠的光辉。终于，王彩凤被自己的魅力陶醉了，她发出了由衷的赞叹声。

王裁缝长长地舒了一口气："她终于有所表示了。"

然而，王彩凤的赞叹戛然而止。她的身子停滞在那里，手里捧着旗袍上的一个部位。王裁缝有些愕然了，他不知所措地转回身，焦急万分地张望着，几乎要冲出去看个究竟。她忽然说话了："这不是你的手艺。"

王裁缝虚脱一样软了下去。原来，她早就知道他——现在是我们——在偷窥。但随之他又如梦方醒一样跳起来，向王彩凤冲过去。

王裁缝在旗袍上找到一只盘花扣襻。他吃了一惊，《潮流津梁》里列举了蛇结、十字结、双钱结、琵琶结、草花结、吉祥结、鹤结、蜻蜓结、蝴蝶结、凤尾结、袈裟结、锦囊结等上百种盘扣，却独独忘记写出盘扣的制法，那个遗漏，对他来说一直是个很大的缺憾。每次遇到这个程序，他都感到无比心虚。

旗袍上出现的盘花扣襻，显然是很有功底的师傅的作品。“这是谁在跟我捣乱？”王裁缝吓了一跳。这里过去只有他们两个人，现在加入了一个我，成了三个人。而我是不可能做出这样高水平的花扣的，难道，这里还有第四个人？

这个盲老头竟然是表哥

得到王裁缝的允许后，我把《潮流津梁》这本书揣起来，细细研读。不久，我也中了毒。

那个患抑郁症的吕芳，一直放在我的心上。我想既然答应了杜衡，就要帮忙帮到底，带着她寻找到快乐。

当我把这个难题告诉王裁缝后，他笑了，他认为自己能治吕芳的病，一袭旗袍有着天然的诱惑力，放在女孩子面前，女孩是难以抵挡的，那是治疗女人抑郁的良方。我感觉王裁缝有些疯了，同时也感觉王裁缝是个坏人。可是，说实在的，我自己也有些疯了。

我感觉这件事情，还必须有金珠的帮助。我认为金珠是一个不一般的女子，和她一般大的女子都叫我叔叔，只有金珠不这样喊。要她介入进来，我是出于一种说不清楚的心理。我后来才知道，这一决定给我后来的生活造成了一些变化。这是后话。

自从王裁缝冲出去后，王彩凤大方了许多，不再刻意要求我们这两个裁缝回避。但我们两个出于礼貌，还是经常躲在布匹的后面。王彩凤热情地接纳了金珠。不久，金珠也中了毒。

后来杜衡也来了，当然也顺理成章地带来了吕芳。吕芳怯怯地跟在杜衡的后面,还是一言不发。跟杜衡比起来,吕芳瘦瘦小小的,更像个小孩子。

王彩凤和金珠已经中旗袍的毒很深了。她们见到漂亮的旗袍立即嬉笑着往身上套。然后她们开始以旧上海女明星自诩。金珠自称是阮玲玉,然后模仿她眸光流转、泪花莹莹、神情哀怨的样子;王彩凤则自认为是胡蝶,模仿她富丽华贵、雅致脱俗、温良敦厚、娇美风雅的气质;金珠又自命为白杨,把她的自然优美、青春魔力、风韵含蓄做一番演绎;王彩凤则一会儿上官云珠,一会儿童月娟似的乱叫。

后来王彩凤累了,倚在金珠怀里,一手抱怀,一手执烟于唇边,表演出万般缱绻。从她嘴里吐出一个个烟圈儿,缓缓地飘到一尺多远处,这叫"云无心以出岫";那烟圈儿在空中略停一停,又缓缓地往后退。她说,那是"鸟倦飞而知还"。后来,她们互称"小姐"。金珠是金小姐,王彩凤是王小姐。

金珠看了看我,我想她的意思是拿不准刚才一番表演是否白费。我也有些失望,因为这期间,吕芳像一只可怜的小猫一样蜷坐在杜衡身边,任杜衡怎么鼓励,她也不上去碰一下那个旗袍。

后来,杜衡急了,把吕芳拉起来,一把推到金珠和王彩凤的身边。后者就索性霸王硬上弓,嘴里叫着吕芳"吕小姐",嬉笑着把吕芳的黄军装扒下来,硬给她套上一件藕色的无袖旗袍。

吕芳双手捂着脸,站在那里,说什么也不肯把手放下。

众人拍手大笑:这不活脱脱的就是表情顽皮、笑容甜美、气质清幽淡泊的旧上海电影明星周璇嘛。

吕芳的手略略放开些,忽然,她哇地哭起来。显然,她是被自己身上妖艳的旗袍吓坏了,结结巴巴地哭诉:"你们,你们不是好孩子。好孩子不应该是这样的。"她越哭越伤心,"你们怎么能叫我小姐呢?小姐是资产阶级的,我可不是资产阶级娇小姐。"听到她伤心的哭声,我们大家都有些不知所措。但过一会儿,我看到杜衡脸上露出了笑意,我明白了她的意思。毕竟,我们终于听到了吕芳的说话声。

吕芳止住了哭声,扯着王彩凤身上的那件旗袍。“你身上这件比我的漂亮。”她擦了擦脸上的眼泪,“你们是坏人,可我就是想跟你们在一起。”

我身旁的王裁缝忽然扑哧一声笑了。他很得意,又一个女孩子这么快就中了毒。看到王裁缝的表情,我越来越感到他像个坏人。

小女孩学坏是很容易的。换上王彩凤身上的那件旗袍后,吕芳开始近似疯狂地摇摆起来。首先是臀部以腰为轴心的摇摆,然后依次是双肩以脊椎为轴心的摇摆,大臂以双肩为轴心的摇摆,小臂以肘为轴心的摇摆,手以腕为轴心的摇摆,指尖以指根为轴心的摇摆,头颅以脖颈为轴心的摇摆。就好像柔软无骨,真个似波浪起伏。吕芳媚态十足地向我们隐藏的方向走近,我们两个像是被她发现一样,都羞于直视,感到她这样走路真像个女妖精。

我感到自己成功了,从布匹后面闪出身,鼓着掌向吕芳走过去。王裁缝见状鼓着掌,向大家走过去。

可就在这时,我从我和王裁缝的掌声中听到了另一个声音,它来自对面一个黑暗的角落。接着,那里传来一个苍老而嘶哑的声音:“我在这个院子里住了两年多了,今天这里是最热闹的。”

我们大家吃了一惊,拿着手电筒向着那里走过去。原来在对面一个黑暗的角落里,还坐着一个人,一个老人。而之前,我们谁也没有发现他。

那个老人大约 70 岁,着一身皂衣,须发皆白,散乱地垂在那里。手电筒的光照在那个老人身上,他仿佛全不介意,仍然坐在那里一动不动,用苍老而嘶哑的声音说:“你们三个全都穿着我做的旗袍,这说明你们都很识货。”他是对三个穿旗袍的女子说话。

王裁缝立即怒叫起来:“胡说,她们穿的都是我的作品!”但立刻,他发现在所有的旗袍中,多了三件,而那三件恰恰都穿在三个女子身上。原来她们不自觉地选择了自己认为最美的旗袍。王裁缝再一次恼怒了："你到底是谁？为什么在这里捣乱？"

"说话礼貌点！你不过是我的徒弟。"老人语气鄙夷地说，"你在我这里学了大半年了，才学成这个样子，真是够笨的。"

王裁缝一惊，马上又恼怒起来："你凭什么说我是你的徒弟？"

老人笑了："你有一本《潮流津梁》吧？不才就是那本书的作者。"

王裁缝用手电筒的光在老人身上来回扫着，马上发现了老人的问题，老人是个盲人。王裁缝立即笑了："你胡说！你是一个盲人，怎么能做旗袍？"

老人自信地说："一个好裁缝还需要眼睛？我是用耳朵来听服装。"他指示王彩凤、金珠、吕芳三个人依次走上几步，分别指着正走着的那个人的某个部位说"这里紧了""那里松了""这里还要改一改"。他解释说："我靠肌肤和布料摩擦的声音，来判断它是否合体。"

王裁缝垂下头去，面对这样一个高手，他一时找不出合适的话。

这里，那个老人把脸转向我，他向我招招手。"你在这里，我听出你的声音了。听说你来到了这个城市，我一直在等你。"他很动情地说，"你还认识我吗？我就是你表哥。"

"表哥？"我简直不能相信，这个盲老头竟然是我表哥！

我要给你做一件世界上最美丽的旗袍

在我小的时候,有一次听到表哥和杨小姐谈论旗袍,后来过了很长时间,我还清晰地记得表哥的那段话。我很奇怪,两人那天说了很多话,我印象都不深了,为什么独独记住了关于旗袍的那一段儿?直到30多年后,当我步入中年,我才解开了自己的一个人生之谜。原来我们都跟裁缝有缘。于是,在我的后半生里,我心甘情愿地一天到晚脖子上搭一根软皮尺,心甘情愿地被人们称为老裁缝。

而表哥却已经成了此中的大家,把裁缝手艺做到极致。他想把这个手艺教给我。表哥告诉我,他的日子已经不多了,现在就是为了等我,而且等了好长时间。现在我终于来了,他认为他过去做过对不起我的事,现在做的这些就是为了还账。

表哥没有提到杨小姐,这一直是我的一个疑问,她是已经去世了,还是离开他了?但他没有提,我也不好问。

几天之后的一个月圆之夜,我发现有些不同往常。本来最近几次,为了防止女士单独行动出现意外,我们都是约好在裁缝门市部集合,然后一起向大院进发,金珠早早来了,不一会儿杜衡也来了。但吕芳却没有出现,王彩凤也没有踪影,就连王裁缝也不知去了哪里,迟迟不见返回。我跟金珠和杜衡等了半天，最后决定，我们三个人先去那个大院。

到了那个院子，我又发现了一件异常的事情。那个伪装成坟墓的入口，土堆周围密密实实地被拍上一层新土。而且，表哥忽然过来，挡住了我们进地下室的路。

表哥坐在那里，不动声色地说，他想在这里听听旗袍的声音。

表哥的提议，让我吃了一惊。表哥真的要这样干？要大家穿着旗袍在院子里走来走去？我认为表哥盲了，他对环境不敏感，所以才有这样的提议。可是，这年头穿旗袍，在地下室还可以，在院子里怎么能行？万一偶尔撞进一个外人来，岂不坏事？一帮资产阶级的孝子贤孙，还不被批个七荤八素？

表哥解释说，他在地下室里听旗袍，时间长了，气氛不免有些局促，而且带着一股陈腐之气。这是他的技艺不能突飞猛进的重要原因。经过冥思苦想，他终于悟出了，要想做出他自认为最好的旗袍，必须要有天为之增广，地为之加阔，月为之添精，水为之随灵，露为之兑魂，方可超凡入圣、博然大气。

尽管表哥说了那么多，我们还是感觉表哥的说法真是太玄了，作为我们这些一般人，还真是不能理解。不过，表哥很固执，他坐在那里一动不动，一点儿也没有让步的意思。最后，我们决定，为了表哥的艺术，我们愿意冒这个险。

这天天气倒是不错，月光皎洁，使人平添几分醉意。

杜衡从表哥的房间里抱来一堆旗袍，看样子，她也终于肯穿上那些旗袍了。

表哥坐在那里。杜衡和金珠开始换上旗袍，围着他慢慢走。金珠穿旗袍的样子，我过去经常看，而杜衡却是第一次穿上旗袍。这天晚上，她让我有十分惊艳的感觉。一件纯玫瑰红的暗纹旗袍穿在她身上，有一种妩媚妖娆在夜色里悄然绽放，传达出一种自然纯洁的女人味；一件滚边的元宝立领、蝴蝶状盘扣的浅蓝格子旗袍，则显现出她高贵古典、温婉忧郁的气质；短袖口镶白色图案花边的绉纱黑旗袍，使她显出内敛的宁静，深邃的婉约；而苹果绿水钻盘花短旗袍，又让她为这个夜晚带来了薄荷般的清凉，田田的荷风。

表哥一直闭口不语，直到杜衡和金珠走到第五轮，他才长舒了一口气，说："够了。"

然后表哥告诉我们他的一个决定，从现在起，他要闭关了，他要一个人进入地下室待上一段时间。在闭关期间，不希望任何人打扰。他要做一件旗袍。这件旗袍，将是他自认为世界上最美丽的，也是他生命中最后一件作品。他会用全身心去做它，所以不容任何人打扰。他告诉我们，不用为别的事情担心，他已经做了充分的准备，包括已经存了足够的粮食。

表哥进去之前，最后一句话是："这件旗袍，将是我送给你的一个礼物。"

表哥下去后，我们依照他的吩咐，开始把"王裁缝之墓"那个牌子后面的入口填上。

做这些事的时候，我忽然想到了一个问题。他说"我要给你做一件世界上最美丽的旗袍"，这个"你"是指谁？是金珠，还是杜衡？

刚做好一切准备离开，院子里忽然冲进一帮人，我一看原来是一帮警察，他们中有的穿着蓝警服，有的戴着红袖箍，手里都握着东西，有的是警棍，有的是手电筒。

让我们吃惊的是，警察是吕芳带来的。

吕芳冲在最前面，她已经完全恢复了语言功能。这时候，她用自己已经恢复的语言做了一件事，那就是，指着我们大家对警察说："就是这一伙坏人，深更半夜混在一起干腐朽没落的坏事，穿资产阶级小姐的奇装异服。她们还自称小姐，这个是金小姐，那个是杜衡小姐。还有一个王小姐，今晚没有来。"

一个领头的警察上下打量了我们三个几眼,然后阴沉着脸对吕芳说:“你说这里有一个地下室?”

我说:“这里根本没有什么地下室。”心想:幸亏警察在我们把土填上之后才赶到,否则被他们撞上,岂不就坏事了?

吕芳过来,把我推到一边,冲到那个“王裁缝之墓”的牌子后面,用脚狠狠地踢一下:“瞧,这里都是新培土。”

警察用手电筒在土堆上扫了几下,低声说:“这个土堆上都是新土,这不能说明什么问题。”

杜衡气得嘴直哆嗦:“吕芳,没想到你是这样的人。”

吕芳尖声叫起来:“少跟我说话,你这资产阶级臭小姐!”

吕芳怒气冲冲地跑过去,拿来一把铁锨,开始在牌子后面挖起来。这个时候,她完全没有以往的纤弱。挖着挖着,只听哗一声,一大堆土塌陷了下去,一个洞露了出来。

我的心立即提到了嗓子眼,真后悔刚才填土时,不应该那样偷工减料。

吕芳得意地尖着嗓门说:“怎么样?我说有个入口吧。”

几个警察走上去,几束手电筒光在洞里面扫来扫去,有一个警察甚至用警棍伸进去拨拉了几下,只见里面露出一口棺材的木板。

我暗暗出了一口气,由于刚才的紧张,我的后背已经溻湿了。

为首的警察不高兴地说:“小妹妹,要挖坟墓,应该白天来。”

接着他对手下说:“所有的人都带回去,到派出所里审一审!”随即有几个人过来,推着我们往外走。

两个杜衡都是一样的既清晰又虚幻

表哥进去10多天了,还是没有出来。我不放心,就在这里住下,等表哥出来。金珠和杜衡要陪我,于是她们住在表哥原来的房子里。而我在表哥的一个储物室里打了个地铺。储物室在金珠和杜衡住的房子对面,这个院子很大,我们离得很远。目前,只剩下我们三个人了。自从吕芳跟着警察恨恨地离开,她就再也没有出现。而之前,王彩凤和王裁缝已经双双失踪了。

这里是某工厂一个废弃的厂院,院子里有一个池塘,被工厂做了养鱼池,用来改善职工的生活。表哥是这个院子和池塘的看护人。除了偶尔有人来钓鱼,这里几乎是被人遗忘的角落。这里早已经不通电,表哥使用的是一盏油灯。住在这里,让人感觉就像是又回到解放前。

白天,我继续应酬门市部的业务,到了晚上才去那个院子里。金珠和杜衡白天也在忙各自的事,她们两个到得比我更晚,我睡觉前,偶尔去拜访她们,那里都是铁锁把门。这使我好几次误以为,晚上她们不回来了。

然而到了深夜,我听到了金珠和杜衡的争吵声,声音一高一低。低的是杜衡,操着这个城市里的方言,在吵架时语速很快的情况下,我是一句也听不懂的;高的是金珠,似乎是跟异地的方言和在一起,形成一种变调,无一处不怪异,更是让人摸不着头脑。这两个人的争吵,对于我好像一长一短两个频率的电流,轮番刺入脑壳,吵得我难以入睡。

争吵大约持续了半个小时。没多长时间,有人敲我窗户,杜衡带着歉意的声音传来:“叔叔,吵到你了吧?”我没好声地说:“没有呀!”我听到杜衡哑哑地笑了笑,然后就没了动静。等我起床开门,发现杜衡已经走了。

第二天深夜,她们的争吵声再一次响起。

我被她们搞得坐卧不宁。后来,我站在窗前,看到她们两个人气冲冲地向我的房子走来。

杜衡走的速度很快,率先到达我的窗前,对着我,怒气冲冲地用手指着金珠:“叔叔,你替我扇这个婊子!”

我感到杜衡这句话说得很粗鲁。而金珠一听这话,立即站住了。她显然是被杜衡骂得怔住了,嘴唇哆嗦着,半晌才说:“婊子?你骂我是婊子?杜衡!你是不是这样骂过很多人?”说完,她捂着脸哭了。

我走出房子,那里只留下杜衡,她表情若一潭止水,仿佛已经置身事外。

她慢悠悠地走在我前面:“金珠是痴心妄想,老表哥那件最好的旗袍是为我而制,而不是她金珠。”

我们俩一起向院子的池塘方向走去。“表哥明天可能会出来。”杜衡说。杜衡上着一件素色衬衣,下穿军裤,走在我前面,身姿十分妖娆。月光如纱,笼罩在她身上,让她有一种通透感。

“如果老表哥明天出来了,我和金珠就要他表态。”说这句话时,杜衡走着走着,忽然全身颠倒过来,头朝下脚朝上,头发和衣摆也不受重力影响,柔顺地向上垂着。

“到底是为我制作,还是她金珠?如果他选择了我,你就再也看不到金珠。”月光下,杜衡一分为二,另一个杜衡头朝上脚向下,和前面的那个杜衡的脚粘在一起。两个杜衡都是一样的既清晰又虚幻。

“如果不是呢?”我忍不住问。

“如果他选择了金珠,你就再也看不到我啦。”头朝下的杜衡很具立体感,但同时又像一张薄纸,风一吹,就像是风摆杨柳一样。

“你去哪里?”我忍不住又问。

“从哪里来,回哪里去!”头朝下的杜衡漂浮在池塘水面上,随波荡漾。

后来,杜衡坐在池塘边,对着池塘当中的倒影搔首弄姿。“我美吗?”她一边娇媚地笑,一边在顾影生怜,“我在想我的前世。”

“前世?”我不禁低声叫了起来,“你又在乱说!”

杜衡无声地笑了:“我是一个情痴命薄的女裁缝,成天不是伫立在后花园里见花流泪,就是孤坐在冰冷绣楼上对月伤怀。就像戏词里唱的,‘有女怀春,吉士诱之’……”

我听着听着,不禁有些慌了:“快别说了,叫人听到,会说你宣扬迷信。”

杜衡仿佛没有听到的我劝告,继续说道:“有一天,一位公子从后花园的墙上跳下,跟我私订终身。然后,他对我始乱终弃,最后有去无回。留下我独身一人,养在深闺中无人知,最后郁郁而亡。”说着说着,她忧伤起来。她的手里不知何时多了一瓶酒,每说一句就喝一口酒。最后,她浑身像没有了骨头,软软地瘫在地上,哑哑地对我说:“叔叔,你把我背回去吧。”

天很晚了,我背起她往她和金珠居住的房间走。她伏在我耳边说:“我不重吧?”

我说:“不重,不重。”

“告诉你个秘密。”她的嘴几乎贴到我耳边,“我刚才骗你了,我的前世根本不是什么女裁缝。”她的声音越来越缥缈:“告诉你吧,我的前世是一只兔子。”

“兔子?”我惊叫起来。我不由得想起,前一天晚上,我独自在院子里走着时,一只野兔从我脚面上踩过去,钻进一丛荒草中。不知为什么,这个联想让我的头皮麻了一下。

说着说着杜衡已经睡着了,发出细细的鼾声。

第三天深夜,她们的争吵再一次重演。对于这样的吵架,我已经学会用鉴赏的态度倾听。我想,如果是一台交响乐,那么杜衡应该是大提琴了,金珠是什么呢?一把小提琴?不恰当,她更像一把京胡。不过,如果是一部大合唱,那杜衡肯定是低声部,金珠无疑是高声部了。总之,她们不能不说是节奏分明,配合默契。开始时恰似一唱一和、一逗一捧,随之又好似亦步亦趋、烘云拱月,继而密密匝匝、层层叠叠,终于融会贯通、豁然开朗,共同向一个目标高歌猛进,从而到达某种高潮。

大约过了半个小时,两人的争吵停止了,毫无预兆地停止了,有启承、无转合地停止了,正在激烈时戛然而止了。骤然的宁静,让人很怀疑事情是否已经演化到“咏歌之不足,不如手之舞之,足之蹈之”的地步,我不由得到窗前驻足张望。

杜衡忽然在窗前出现,凝视着我:“对不起,叔叔,我们又吵到你了吧?”

她出现得毫无征兆,让人猝不及防。我尴尬不已,赶紧声明:“没有,没有。”

她一歪脑袋,有些俏皮地说:“没有?叔叔,究竟是没有倾听别人的争吵,还是我们没有吵到你?”她声音哑哑的。然后,她消失在窗外。这就是她做事的风格,总是毫无铺垫。

杜衡悄然无声地飘进了我的房间,随之而刮进来的一阵风吹熄了桌上的油灯。我掏出火柴来划,却怎么也划不着。

她告诉了我一件事情,那就是:金珠因为两人的争吵,一气之下,已经在刚才离开了。

杜衡伸着舌头在我的脸上舔来舔去

我们就这样在黑暗中坐着。我想起了表哥,就喃喃地说:“不知道那件旗袍做得怎么样了,不知道表哥什么时候会出来。”

杜衡忽然哑笑。“老表哥?其实啊,他昨天晚上已经出来了。旗袍没有做好,他可能是出来透透风。”她说,“你记不记得,我昨天晚上给你讲我的前世来着?就在我讲述的时候,我看到老表哥坐在池塘对面,他在冲我微笑。后来,他就握着一根竹竿儿,摸摸索索地过来,坐在我们俩旁边。”

我一愣,惊愕地叫道:“这不可能,我昨天晚上根本没有看到表哥。”

杜衡忽然笑了,说:“可我分明看到,老表哥过来时,还亲昵地拨拉一下你的脑袋。后来,在我喝酒时,你还背着他沿池塘边走来走去。”

“背着他!”我惊叫起来。

昨天晚上,在杜衡喝酒时,我是烦躁不安地沿着池塘边走来走去来着。不过,那是独自一人,根本没有背什么表哥。一个人站在我对面,还拨拉一下我的脑袋,甚至趴在我的背上,让我背着他沿着池塘边走来走去,还能让我一无所知,这是根本不可能的事。能做到这些,除非他是一个鬼。可杜衡说的却好像真的一样，这是怎么回事呢？

杜衡说，昨天晚上老表哥不仅出来了，而且老表哥还给她讲了一个宋定伯捉鬼的故事。那个故事的大意是说：南阳郡的宋定伯年轻时走夜路碰上了鬼。他在朦胧中看到一个人影跟着自己，就问："你是谁？""我是鬼。"鬼毫不隐讳地回答，并反问宋定伯："你是谁？""我也是鬼。"宋定伯欺骗他说。"你要到哪里去？"鬼问。"到宛城去。"宋定伯答道。"我也要到宛城去，正好同路。"鬼说。就这样，两人相伴走了好几里路。突然间，鬼提议说："这样走太累人了。我们替换背着走，怎么样？"宋定伯赞成说："这是个好办法。"鬼先背宋定伯，才走了几里路就觉得有些不对头，便说："你怎么这样重，恐怕不是鬼吧？"宋定伯连忙解释说："我是刚死的新鬼，所以身体还有些重。"轮到宋定伯背鬼了。他把鬼背上身，觉得轻得很，好像没背什么东西一样……

讲到这里，杜衡在黑暗中哑哑地笑道："喂！昨天晚上，你背过我，你感觉我重吗？"

又一天，到了深夜时分，我正准备上床睡觉，杜衡忽然从外面飘进了我的房子里。

她进来后，房间里并没有风，油灯的火焰却忽然变得矮了，扁了，像什么东西压在上面，房间里顿时黑暗下来。这种变形的焰光，使得杜衡印在墙上的影子，给人一种张牙舞爪的感觉。她的体形有些偏瘦，衣服在身上松垮垮的。长发掩映下的脸部线条优美，但在这样的光线下，也显得没有生气。

她像是在我的房间里发现了什么问题，先是站在那里，抽着鼻子，上上下下嗅了一通，然后坐了下来，用眼睛左左右右打量了一番，忽然又哑哑地笑了："叔叔，你知道这个储物室以前的故事吗？表哥刚才告诉我的。"

我有点困了，打了个无声的哈欠，有些提不起兴趣地说："算是知道一点吧。表哥曾告诉我，这个储物室住过一个中年人，从政府下放到这个工厂，后来又下放到农村去了。这几年，一个人下放到农村去，这算不上是什么新鲜事。”

杜衡又哑哑地笑了：“刘同志没有说实话。那个后来下放到农村的人，充其量只能算一个匆匆过客，他前后在这里只住了 10 天时间。不过……”杜衡又笑，“对于他来说，可真是度日如年啊。”接着杜衡慢慢地讲出了据说是表哥刚才出来透气时告诉她的故事。

那个前后只住了 10 天的房客搬来那天，表哥是见到的。那天，是一辆军用吉普车把他拉来的。那辆吉普车很快就离开了，只留下他和摆了一地的大包小包的东西。见到表哥后，那个人忙跑上来敬烟，告诉表哥说工厂安排自己在这里住一段时间。表哥摸了摸那个人，那个人身材低矮，挽着袖子，露出两条汗毛很重的胳膊，面部油腻腻的，像是精力充沛的样子。那个人对表哥笑呵呵的，一个劲儿地敬烟。

第二天，在大门口，表哥遇到了那个新来的房客。实际上，那个人一直在大门口等他。那个人对表哥说，自己昨天晚上没有休息好。那个人问表哥附近有没有一个喜欢吐舌头的年轻女子。那个人说，昨天晚上他反复看到一个上述样子的人出现在他的窗口，搅得他一晚上都睡不好觉。表哥是个盲人，他什么也看不到，对于这件事，他实在帮不上什么忙，只能建议他去弄一块布，严严实实地遮挡在窗户上。

第三天，他对表哥抱怨说，他确实去弄了一块布，严严实实地遮挡在窗户上，不过这没什么用处。他看清了，那个女子是站在窗帘的里面的。

第六天，那个人又来找表哥，他的声音疲惫不堪，和刚搬来时判若两人。他说，昨晚，那个女人又出现了。她伸着长长的舌头，一直耷拉到胸前，嘴角还流着血。

第八天，他说话带着哭腔。昨天晚上，他正睡在床上，忽然感觉脸上痒酥酥地，一睁眼，天哪！那个女人正伏在他的身上，用那个长长的舌头在他的脸上舔来舔去。他恐怖地大叫一声，那个女子翻身离开，迅速地跑掉了。

第十天,那个人对表哥说,他要走了。然后,他就走了,去农村了,以后再也没有回来。

讲完这些,杜衡说,那个储物室的真实情况,表哥是不能告诉那个房客的。表哥不能告诉他,他所见到的是之前在这个房间里上吊而死的那个女人,那样更会吓到他。

"你是说,有一个女人在这个房间上吊死了?"终于,我忍不住颤声问了一句。

"是的。"杜衡说。

杜衡轻轻地笑了,她说,她其实对这个院子很熟悉。她出生在这个城市,小时候经常在这里玩,曾经听人讲过那个吊死的女子的故事。前天晚上,她跟我讲的那个女裁缝的故事,其实是这个房间里吊死的女子。只是她为了减少故事的恐怖气氛,才说那个她是郁郁而死。实际上,那个女裁缝因为感情上的事情和家里人闹了别扭,于是一个人搬来住在这里。那个女人有一点妄想症,如果某个男人偶尔从她身边经过,又偶尔看她一眼,她就认为别人对她有意思。她经常深更半夜一个人坐在池塘边,打扮得花枝招展,像是等待某个人的光临。那个事情发生在后半夜,有一个男人从墙上跳下来,捂着她的嘴,把她拖进房间,强奸了她。那个人离开后,她从地上爬起来,找来一根绳子,又搬来一个凳子,站在上面将绳子搭到房梁上。

杜衡一边用眼睛盯着房梁,一边平静地讲述着那个自杀的过程。我不由得也顺着杜衡的目光,向房梁处望了一眼。那里虽说是空空如也,不过从杜衡的叙述,给我的感觉,一切都是她亲身经历的一样。

杜衡讲完这些,又是哑哑地笑了一下,站起身,飘出了我的房门。

杜衡离开后,我感到浑身懒洋洋地,随便收拾了一下就上床睡觉了。躺在床上,我的心中忽然升起一个很大的疑团,杜衡为什么说那个女裁缝是她的前世?

这样想着,我就蒙蒙眬眬睡过去了。

不知过了多长时间,我似乎感觉脸上痒酥酥地,一睁眼,天哪!杜衡正伏在我的身上,伸出她的舌头在我的脸上舔来舔去。杜衡用哑哑的笑,来回应我恐怖的大叫,她翻身下床,迅速地跑掉了。

我恐惧地想,杜衡怎么会这样?难道,杜衡就是自己所讲的那个在房间里吊死的女人,她是一个鬼?

杜衡忽然从刚才进去的房间里跳出来

住在这个院子的第十天，我忽然发现，对面住着的女子竟然是鬼。也许，这就是我在白天从来没有见到她的原因。我想，天哪！如果这是真的，可就真是一个十分恐怖的事件。

天亮前最黑暗的一段时间，我决心到杜衡的房子里做一番探访。

房门上挂着锁，我有些奇怪，难道天不亮，她已经出门了？摸着冰凉的锁，我的疑惑在一点点加重。

回到自己的房间后，我对自己失望到了极点。我躺在床上，进入了似睡非睡的状态。我知道我是不可能睡踏实的，因为我仿佛看到，我的那只手还在紧张地颤抖着，它没有跟着我回到自己房间、自己床上，还留在那个门旁，还紧紧地按在那个锁孔上，它不敢有稍许松手，就像否则会有什么恐怖的东西从那里钻出来似的。

不知过了多长时间，我忽然从床上一跃而起，我必须找回自己的手，否则我可能永远难以睡踏实了。这样想着，我拿起一把钳子，一只手电筒，冲出了自己的房间。

重新摸着那把锁时，我的心中还是再一次产生了巨大的犹豫。我又放开了它，叹了一口气，后退了好几步。我摇了摇头，承认自己还是缺乏那个勇气的。我的手顺着墙摸过去，摸到了一个窗户，那窗户似乎并没有关严。手下加了一把劲，果然就打开了。在一个没有人的房间里能否找到什么自己需要的东西，我心里一点儿底也没有。

过了一会儿，我发现自己的脚落到了客厅里。在手电筒很弱的光里，屋里的陈设一一呈现在我的眼前。一把椅子，一张桌子，一副贴在墙上的对联，一个花瓷瓶，一只鸡毛掸子，这些都是我曾经见过的。接下去是一盏没有点燃的油灯，一把紫砂茶壶，然后又是一把椅子。啊，那把椅子……上面，忽然一张变形的脸出现在我的视线里。我魂飞魄散，手里的手电筒掉在了地上。那是杜衡，她僵坐在那里，像死去了一样。我不由得惊叫起来："你在！"

"我在。"杜衡愣愣地说，"我在看你的前世。"

我不由得哆嗦起来："我的前世？"

杜衡幽幽地说："我看到了，前世的你，手中握着一把乌黑光亮、冷气逼人的比利时造勃朗宁手枪。我看到了，前世的你，蹲在地上，抓住一位小姐的脚，替她穿鞋子。你的眼中出现了邪恶。你站起来时，手中多一把尖刀。你把尖刀向一个黑衣人身上刺过去。"杜衡的声音越来越低，越来越缥缈。

我发觉自己陷入极度恐惧中，有种想逃的感觉，可不知为什么，怎么也迈不开腿。我嘴唇哆嗦着问道："你到底是谁？"

杜衡忽然凄凄地笑了，她站起来，无声地飘进了另一个房间。望着她飘去的方向，我虚脱一样慢慢地蹲下来。

就在这时，另一个房间门口处，忽然亮光一闪，随之一盏灯飘了过来。

"你在我们的房间做什么呢？"那是金珠的声音，原来她也在房间。

看到她走近，我忽然冲动地站起来，伸手去拉她，同时失声叫道："鬼！杜衡是鬼！"

"什么鬼呀？你快放开我呀。"金珠在我怀里挣扎着。我这才发现,刚才,我在惊慌失措之下并没拉住她,而是一把抱住了她。

“哈。”这时,杜衡忽然从刚才进去的房间里跳出来,拍着手笑道,“瞧,金珠,我说的没错吧?”说完,杜衡又闪身出了大门,留下一句话:“你们两个继续亲热吧！我走了。”

看着她在黑暗里消失,我的恐惧终于一点点消退下去。不过,我还是摸不着头脑。

“笨！杜衡在跟你开玩笑呢。”金珠拉过我的胳膊,把刚才掉在地上的手电筒塞到我的手里,亲昵地说,“别愣着了,表哥在地下室等我们呢!”

十几天不见,表哥又苍老了许多。他低声对我们说:“这十几天里,你们知道我都干了什么吗?”

听了他的话,我们愣了一下。正不知如何应答,表哥继续说了起来。“其实,那本《潮流津梁》的作者并不是我,而是一名姓李的裁缝,富丽绸缎呢绒商店的裁缝。”我们还在发愣,表哥又说,“你们一定疑惑,这里为什么有这么多丝绸吧?”

表哥接着说出了一些秘密:40 年前的富丽绸缎呢绒商店,是南方某大城市一家专营高档绸缎的商店,实际上,它还是一个女装的作坊,雇用许多男女裁缝,不少都是年富力强。其中有一对男女裁缝,他们相处时间长了,产生了感情。于是两个人就经常幽会,还有就是商量私奔的事情。恰好富丽绸缎呢绒商店要在另一个城市开分店,需要运一批货物过去,男裁缝和女裁缝就自告奋勇前往。途经一个小地方时,船上的货物遭到偷盗。其实那是男裁缝和女裁缝制造的假象。真实的情况是,船上的货物被偷偷地转移到这里。

男裁缝原来是一个富家子弟。这个院子,原来是他父亲的资产。在男裁缝小时候,他父亲出了事,家道中落,这个院子就荒废了。但谁也没想到的是,当年他父亲修建这个院子,实际上是为了修建那个地下室。修地下室的真实目的谁也不知道了,因为没有启用,那个地下室也成了秘密。男裁缝和女裁缝偷偷地将货物运进了地下室里。

此后,男裁缝要回到原来的城市处理一些事情,留下女裁缝在这里等待。这期间,悲剧发生了。一天晚上,有一个男人从墙上跳下来,捂着她的嘴,把她拖进房间,强奸了她。

女裁缝死了之后,男裁缝很伤心。地下室原来的出口处被他毁掉,在那里放置了女裁缝的棺材。当然,在棺材下面装了轨道和滑轮,这样可以方便他出入。为了掩饰,他在上面修了一个坟。女裁缝姓王,所以立了个“王裁缝之墓”的牌子。

我心里想:哦,怪不得有那个“王裁缝之墓”的牌子,原来如此。

那个叫杜衡的女子对我来说真是一个谜

表哥继续说，那个男裁缝把自己长期关在地下室里。只有晚上，他才偷偷爬出去找一些食物。独处的日子，他一边研究旗袍的制作，一边反复回忆并写下那个悲剧故事。后来有一天，他忽然改变了主意，爬了出去，再也没有进来。他出去的原因是他在这几年里，终于找到了关于那个强奸犯的蛛丝马迹。他去了外地，开始苦苦寻找，却一直没有那个畜生的下落。后来，男裁缝结婚了，生下一个女儿。可他并没有忘记复仇的事，为了铭记那个目标，他为自己的女儿起名为“王彩凤”，那是“王裁缝”的谐音。

王彩凤？我不由得叫起来。

表哥仿佛没有注意到我的惊异，继续讲下去：男裁缝不断给王彩凤灌输复仇的思想，所以男裁缝去世后，王彩凤就义无反顾地继承了其遗志。后来，通过不断努力，王彩凤终于找到了那个畜生。不过，那个老畜生已经离开了人世，只留下他的儿子。巧合的是，他的儿子是一个服装加工门市部的职工。表哥说，他被称为王裁缝，这真是一个天大的巧合。

王裁缝？我和金珠同时叫起来。真没有想到，王裁缝竟是那个强奸犯的后代。

表哥说，他自己于10多年前由于有重大立功，被提前释放，分配到这个工厂。一个偶然的机会，他发现了这个秘密。于是他长年待在那里，学习那本《潮流津梁》，同时也看到了那本书后面记载的那个悲剧故事。后来，他的双目渐渐失明，但幸运的是，他的技艺却突飞猛进。他一直惦记着那个悲剧故事，隐隐感到它还没有结束。然而，他已经成了盲人，唯一能阻止它的行动，就是撕掉那本书中记载悲剧故事的部分，让人们不再看到它。

表哥说，那个悲剧故事，以眉批的方式书写在《潮流津梁》介绍盘花扣襻的部分。他撕掉了它，因此蛇结、十字结、双钱结、琵琶结、草花结、吉祥结、鹤结、蜻蜓结、蝴蝶结、凤尾结、袈裟结、锦囊结等上百种盘扣的制法，也再不会有人知道了。

直到有一天，王彩凤出现在地下室，从她的念叨中，表哥在书中看到的事情得到了印证。同时他也知道了，悲剧真的仍在继续。

表哥说，自己冒充是《潮流津梁》作者的原因，就是暗暗敲打王彩凤，要她及时终止自己的危险行为。然而，他的警告却没有奏效。那一天，在地下室里，他听到了王彩凤和王裁缝的嬉笑声，王裁缝的闷哼声，王彩凤的怒斥声，以及后来王彩凤自我了断的声音。他没有出来。他想那一切既然已经无法阻止了，那么让它发展下去就是最好的结局。

不过，他马上想到了警察。如果警察来了，那么这里的秘密将全都公之于世了。他不能让事情发展到那一步，他要保护那批货物。想到这里，他急急地往外爬。他要在我和金珠到达前爬出去，把我们挡在外面。

打发了我们以后，他又爬进去。他做的第一件事，就是立即把棺材拉出来，伪造成一个真正的坟墓。为了保证万无一失，他还把洞口埋了起来。

在洞里的十几天时间里，他一边把王裁缝的尸体用绸缎裹起来，一边陪在奄奄一息的王彩凤身边，听她叙说自己的复仇人生。后来，他又用同样的方法裹了另一个牺牲品。然后，他开始为这两个人挖墓穴，把这个悲剧彻底掩埋起来。

叙述完这一切后，表哥说出了之所以这么做的原因。“我不想让警察没收这些货物。这是我送给你的礼物。”停了片刻，表哥说，“当然还有这一件。”表哥拿出了这十几天里他动手做的一件作品，一件他认为是世界上最美丽的旗袍。

这是一件巧夺天工的玫瑰红暗纹绸缎旗袍，袖口、领口、下摆、开衩口的暗红色的滚边以及门襟上的琵琶扣，都是表哥一针一线缝制的，那整齐、细密的针脚，那雍容华贵、古朴典雅的花样，给旗袍增添了不少韵味。金珠穿上旗袍，对着我微笑。我简直有点不敢相认。那高高的立领，线条流畅的右开门襟，窄窄的腰身，超过膝盖的半高开衩，流露出含蓄、端庄、高雅以及风情万种的美丽。

我看呆了，半晌才发出一声“哦”的赞叹，而金珠早就惊喜地“啊”了好几声：“这真是一件世界上最美丽的旗袍。”

金珠转过头低声说：“再一次抱抱我吧。”接着她凑在我耳边几乎是嘟囔着说：“知道杜衡为什么做那些事吗？杜衡说，一个人在恐惧的时候，第一个想抱住的人，就是他最爱的人。”

哦，原来如此。我释然了。但不知怎么，我的心里随之泛起一层苦涩。

我让金珠先走。我扶着表哥走在后面，我有一些话想问他。表哥很识趣地慢慢走着，嘴里说：“我虽然看不见，但我可以感觉到，你们两个很般配。”

忽然，我在对面看到一个人。那是杜衡。她就在对面，探出了半个头。

手电筒的光无意中从她的脸上扫过，我忽然发现，她的两只大眼睛里闪着泪光。那眼泪真亮,肯定是手电筒的光照射的缘故。我刚想说话,她忽然举起手,放在唇边,轻轻地嘘了一声。然后,她一闪而逝。

"那天,你说,送给最美丽的女人。"我怅惘了一会儿,迟疑地、尽量字斟句酌地问表哥,"你是否认为,最美丽的女人就是金珠?"我想说,而没有说出来的话是,我认为和杜衡相比,金珠并不是最美丽的。

"当然了。"表哥慢慢吞吞地说,"她是当时在场的唯一女士嘛。"

我哑然了,原来作为盲人的表哥,当时并没有听出杜衡的脚步声。这就是盲人的好处,他们的世界因此纯净起来。我心中再次泛起些苦涩的味道。

我忽然又生出些疑问,那些故事,杜衡是怎么知道的呢?还有我小时候的那些事,她又是从哪里听说的呢?

我越来越感到,那个叫杜衡的女子,对我来说,真是一个谜。

此时,天尽头传来熟悉的歌声:

朋友对不起,
那天我脑子进了水,
胡言昏语伤害了你,
那些话自己都不知所谓。

朋友对不起,
那天我对你犯了罪,
匆匆忙忙地离开你,
是怕你看到我眼噙的泪。

朋友对不起,
那天之后我很后悔,
很长时间我不敢面对,

好几次对你我远远躲避。

朋友对不起，
那天之后我很狼狈，
提笔想写信却不知从何说起，
脆弱的自尊害怕被你撕碎。

朋友对不起，
相信你不会太在意，
就算不原谅也好言相慰，
曾经的隔阂不会再提起。

朋友对不起，
朋友之间没有错对，
你我都知道什么最珍贵，
它们不应那样容易崩溃。

朋友对不起，
盼望有一天能够相会，
世界不会永远阴雨霏霏，
一切一切都值得回味。
……

第四章　老年

你读过仓央嘉措的《那一世》吗

“你读过仓央嘉措的《那一世》吗?”这是表哥说给我的最后一句话。

表哥由一个英俊小生到瞎眼老者,终于走完了自己的一生。他可以说是无疾而终。前一天晚上我跟他告别时,并没有什么异样。在我出门前,他忽然叫住了我,问了我那句关于仓央嘉措的《那一世》的话。看到我对他摇头后,他挥了挥手让我走了。第二天早上,我按照吩咐过来找他,结果发现我再也叫不醒他了。

我在整理表哥的遗物时,没有发现任何和杨小姐有关的物品,这让我感到十分奇怪。谜底终于在尸体火化的前夜被揭开了。事情的经过是,金珠准备挑选几件表哥的衣服作为陪葬品一同送往火葬场。可是,她不小心把表哥的一件棉衣搞破了,接着她恐惧地尖叫起来,拿着它过来找我,原来,从烂开的口子露出的不是棉花,而是一些带着黑色血斑的绸缎。我也吃了一惊,索性将口子撕得更大些,把里面的填充物全掏出来。抖开后,发现那是一些旗袍,本来是极尽华美的衣物,却不知为什么被胡乱地揉成团,还有多处被剪烂的痕迹,像是将很大的愤恨发泄到上面一样。再看那些血迹,既有小块圆斑,像是溅上的;也有大块团状,像是洇开的;还有凌乱交错,像是因被揉成团后用来擦拭血迹而形成的。现在血迹虽已经变黑,但还是给人触目惊心之感。

我和金珠经过一番权衡,还是感觉此事关系重大,所以我们没敢声张,当然也没把它送到火葬场毁掉。表哥被火化后,我们又一次去整理他的遗物。表哥躺过的床上铺着两层褥子,都是由有一点褪色的土布制成的,上面的一层又硬又厚,很符合褥子的特点,下面的那一层虽然外形与之没什么大异,却轻柔了许多。金珠犹豫了一下,终于忍不住动手撕开了它的外套。撕开之后,我们一齐惊叹起来,只见里面是一块名贵的绣毯,色彩华丽,和朴素的外套形成鲜明的对比。细看那件绣品的内容,我心头却渐渐升起一丝恐惧。那件绣毯由四幅画面组成,第一个场景是一对男女坐在凳子上,很恩爱地依偎在一起;第二个场景是女人侧卧在床上,男人像是很亲热地向她俯下身子,但是,男人的手中却握着一把匕首;第三个场景里没有了女人,那个男人手中握的不是匕首,而是一把带血的剪刀,从他的双眼里流出两行红色的血,显然,那男人是自己刺瞎了双眼;第四个场景是瞎眼男人手握着一根棍子,和盲人一样仰脸立着。这件绣品的人物栩栩如生,只有表哥才有这样的手艺。

我越来越感觉表哥在用这件绣品向我们讲述着什么,那作品中的男人很可能是表哥自己,而女人很可能就是杨小姐。是表哥先杀害了杨小姐,然后又弄瞎了自己的双眼。我不明白究竟发生了什么变故,使这一对情人生出这么强烈的仇恨。

回头看金珠,她的脸色也有些发白,显然是恐惧所致。她伸出手,轻轻抚摸了一下那件绣品,忽然触电一样跳开,嘴唇哆嗦着说:“头发,头发,是头发。”我一看,果然,那件绣品竟然是用女人的头发丝绣成。这么复杂的作品,不知用了多少头发。头发本是很普通的物品,但用在这里,却让人感到无比的恐怖。“天哪!”金珠瞪大眼睛,“想想,我还曾经在这张床上躺过,真是吓人。”她打了个寒战,伸手一把抓住我,将我拉到自己身边,使劲搂着,像生怕我跑掉一样。

她有一个很洋气的名字叫葛蔓蔓

一年以后,我和金珠结婚了。我们的婚礼十分简单,谈不上什么仪式,只是约了几个朋友,大家在一起吃了顿饭。

头一天晚上,吕芳托人送来一个白搪瓷脸盆和两个白搪瓷茶杯,那是那年头常见的新婚礼物。自从吕芳那一次向警察检举了我们,她就再也没有在我们眼前出现过,不知她是如何得知我们结婚的事。我想既然吕芳都知道了此事,杜衡应该也知道。那一次,我扶着闭关20多天身体虚弱的表哥走出地下室时,杜衡在我们前面一闪而过,之后也像在这个城市消失了一样。不知怎么,我希望杜衡来。第二天中午,吕芳没有来,杜衡也没有来,正当大家吃饭时,大门被敲响,金珠走过来开门,门外却没有人。晚上,金珠跟我说起此事,她说开门后看到一个远去的背影一闪而过,她感到那很像是杜衡。

结婚的第二年,我们有了一个孩子。我们经过商量,决定孩子随母亲的姓。当时有一首歌叫《年轻的朋友来相会》,很是流行,到处听人唱:“年轻的朋友们,今天来相会,荡起小船儿,暖风轻轻吹,花儿香,鸟儿鸣,春光惹人醉,欢歌笑语绕着彩云飞。”我们就给孩子取名叫李欢歌。

李欢歌脑袋比较大,出生时让金珠很为难。长到一岁,他的脑袋更显眼了。我知道,这其中很大的原因是营养不良。金珠也很着急,李欢歌断奶之后,她恨不得自己不吃不喝,好让李欢歌得到应有的营养。但是,有很多时间,尤其是月底,我们还是只有握着干瘪的钱袋围坐在李欢歌身旁相对发呆。

幼儿李欢歌在一场哭啼过后,静静地躺在那里,眼睛里好像有一汪水,是那样的清澈而幽深。看着看着,我不由得哆嗦一下,忙把目光躲到了一边。我分明看到他眼睛里的愤恨,仿佛在说:你配当父亲吗?我有一些恐慌,再也不敢往那里看。我想不能这样下去了,这时我想到了那些贮藏的绸缎。

我在经济上真正的转机是由于认识了林于秀,他是最早一批从国营单位辞职干私营的,后来成为了我的副手。我们的公司能够一天天壮大起来,是和林于秀的努力分不开的。

李欢歌一天天长大,对于他,我深切地感受到了什么叫冤家。我知道我活着的一半理由是为了他们母子,但不知为什么却总是想躲开他。我有点害怕这个孩子。起初,我以为是因为贫穷所致,但我有钱后情况仍然未有好转。通常我会以生意忙为理由,在公司里躲着,迫不得已时才会看望她们娘儿俩一次。长此以往,造成了我们之间很深的隔阂。

李欢歌 19 岁那年,金珠去世了。金珠是个苦命的女子,在月子里落下病根,因为穷,又舍不得去看病。在我生意的初期和接踵而来的几次财务危机中,她为我担惊受怕。后来我和儿子间的严重对立,又让她劳心费神。她越来越瘦,即使在我们经济状况最好的时间里,也没有胖过。可以说,她的生命是被我和李欢歌消耗干了。

金珠在弥留之际,对我们很是放心不下,一字一顿地对我说:“你这个人呀,戾气太重。我走之后,你要注意增加些修养,比如多读一读诗。”

想到她已临终,我怎么好拂她的意呢,就随口应付道:“是啦,我也正有此意,正不知从何下手呢!”

金珠想了想，艰难地说道："就先读一读仓央嘉措的《那一世》吧！"说完这句话，她溘然长逝。

金珠去世后不久的一天，一个人闯进了我的办公室，我吃了一惊，定睛一看，才认出是我的儿子李欢歌，他瞪着发红的双眼，充满了对我的仇恨。沉默了许久，他把一堆纸扔到了我的面前，然后离开了。我呆呆地望着他离开，我知道，我的脸色一定很苍白。这些画，都是我无聊的时候随手画的，画完后，随手就扔在纸篓里了，是谁把它们收集起来的呢？

李欢歌考上了外地的大学，大学毕业后，他选择留在了那个地方。这样我们的见面就更少了，偶尔我们会通一次电话。他从来不告诉我他的住处，如果我透露出要见面的意思，他总是不情愿地说，那先说好，我们约一个地方见面，如果一起吃饭的话，最好 AA 制，我没有能力请你吃饭，也不想还沾你的光，不然的话，我们就不要见面。每次都是这样。其实他也不需要每次都过分强调这一点，以这样的方式在一起吃饭，我已经相当习惯了。

这样过了几年，我的生活平淡无奇，直到公司发生了很大的变故。公司里的资金被人分几批转移，随同最后一批资金消失的是两位事件的主谋。而这两个人，竟然是林于秀和白珍。

林于秀是我公司里的副手，早年曾经跟我一起白手打天下，得到了我极大的信任。他潜逃之后，我有时甚至想，只要他不做出这些事，就算他开口向我要这个公司，我也会毫不犹豫地给他。白珍的参与，则更是让我接受不了。白珍是我的秘书，主管公司的财务，虽然进公司不到三年，但我对她的信任相比林于秀有过之而无不及，甚至有一种亲人的感觉。如果说携款外逃事件使公司陷入了严重的财务危机，那么白珍的参与，让我感受到的几乎就是情感的危机。

几天后，在储藏室里发现的一些画儿，更加强化了我的这种情绪。它们有十几幅，歪歪扭扭地立在墙角，带着尘土，呛得我直咳嗽。我终于明白心目中那个形象是怎样一天天被歪曲了。我挥动手杖，用尽全身力气，把这些画儿砸个稀烂。砸完以后，我呜呜咽咽地哭起来，不明白他们为什么这样残忍。这是很明显的事，他们本可以将它们销毁，但他们却有意不那样做，把它们摆放在储藏室，好让我有朝一日发现它们，从而实现对我的嘲弄。

哭着哭着，我偶一抬头，看到了一个苍老的形象，那是对面一张大镜子里的自己。我走过去，长久地凝视着自己脸上的老年斑。我悲凉地想：我心目中的形象竟这样的不堪一击，竟可以这样轻易地被摧毁，对于我来说，这实在是一个莫大的讥讽。我越来越明白了，亵渎我心中美好形象的人，不是林于秀，也不是白珍，而是我自己。忽然间，我有了一种强烈的厌世情绪。

当我做出离开这个世界的决定时，我想到的最后应该做的事情，是跟儿子李欢歌通一次电话，算是道一声再见。自从我的妻子去世没多久，李欢歌对我产生了很深的误会，从此就去了外地，再也没有回来过。这孩子别的也没有什么，就是有点认死理，还有他的眼睛有点吓人，但他却是我在这个世上唯一的亲人。

一个深夜，我冒冒失失地拨通了李欢歌的电话，不过令我意外的是，似乎他也在失眠的苦闷中，期盼着有人跟他通电话一样。在这次通话中，他说了比平日多几倍的话。我想告诉儿子那个坏消息，对他说我又一次成了穷光蛋，但几次刚张口，都被他的话打断了。他深陷在自己的苦恼中，无暇顾及其他。从他絮絮叨叨的话语中，我艰难地分辨出主题意思：最近他爱上了一个女孩子，她有一个很洋气的名字叫葛蔓蔓。她对他若即若离，无论怎么追，她的态度都不明朗。这是很让他苦恼的一件事。

葛蔓蔓？这个名字叫我吃了一惊，我默默地念叨，怎么会呢？但愿只是一个同名同姓者。

女孩的长相搞乱了我的现实和记忆

关于葛蔓蔓，还要从我当初的那些画儿说起。

近几年，我不知不觉地添上了画画的毛病，每当心情烦闷时，我就会下意识地拿起纸和笔，随意地画上几笔。那些在不自觉的情况下画出的，都是一些纵横交错的无意义的线条，它们是那样的抽象，作为作者的我在当初画它们的时候，并未细想过它们所代表的意义。我很奇怪，李欢歌为什么会对一些线条产生误会呢？那一次，我满心疑惑地盯着它们发了好半天呆，看着看着我猛然一惊，我终于意识到，自己在无聊中画出的线条并非没有意义，一个形象渐渐显现出来，很像是一个女子的形象。

当时我很想不通，到底是谁那么有心，把那些随手画出又随手丢弃的画儿收集起来呢？而它们又是如何落入李欢歌手中的呢？我追出去，想跟他解释。可是当我再一次回到办公室时，那些画又失踪了。

不过，这一次我知道它们是被谁收起来了。是林于秀，这个公司里与我共事时间最长，同时也堪称我肚子里的蛔虫的人。他很神秘地约我去外面的咖啡馆，向我介绍一个留着长发的家伙，说他是位油画家。几天后，那个画家再次约我去咖啡馆见面，并且带来了他的作品。

打开蒙在上面的红布，我惊得站了起来，这家伙真是厉害，那些原本随意的线条，经一支受过专业训练的画家的画笔画出，我心中的形象更清晰了、更具象了。正是她这个模样的一个女子：我的生命过程中反复出现的。原来我画的就是她。面对着她，我的脸涨得通红，内心里愤怒和羞愧兼而有之。愤怒的是仿佛我内心深处的隐秘被人粗暴地示众，羞愧的是我想儿子的愤怒是有道理的，对于他来说，我的确是做了一件值得害羞的事情。

那一天，我像一个正在做坏事的人一样，把那幅画再次用红布包得严严实实，悄悄地把它拿到我的办公室。我把自己关在房间里，才又一次颤抖着把它打开。我久久地沉浸在对往事的回忆中，直到夜的黑暗将我吞噬，我原本早已干涩多年的泪腺，竟又开始湿润起来。

我隐约地感觉到，林于秀的热心并不止于介绍个画家，把我心目中的形象变成一幅画中的现实，他还有进一步的举动。对于他的这个举动，我有着一些朦胧的期待。按说，我应该及时制止这种庸俗化的倾向，并且对他这样热情高涨地去做这件投我所好的事保持应有的警惕。可是那个时候，我已经鬼迷心窍。有人说，这是一个迷醉的时代，一个人稍稍把握不好，就会迷失自己，我就是这样的一个状况。我为之付出了沉重的代价。

事情都是在非常私密的情况下进行的，送给我那幅画后，林于秀就对之绝口不提，就连那幅画也挂在书架的背后，跟秘密保险柜的门紧紧贴在一起，只有我在动用保险柜时才会看到它。那是一个非常秘密的地方，除了我没有第二个人可以到那里。当然后来我才知道，林于秀也经常去那个地方。我就想，如果当初我把它挂在显眼处就好了，让公司里的人都看到它，林于秀的计划可能早就暴露于光天化日之下了。

过了两天，林于秀神神秘秘地送来一个女孩子，我一看，吃了一惊，这个女孩子太像画中的人了。原来这就是林于秀进一步的目标，他是要把我心目中的形象变成生活中的现实。面对这个女子,我只有哑然失笑了,我感觉这个世界上面貌相似的人还是比较多的。

林于秀对我说,公司眼下正在雇用的秘书已经老糊涂了,林于秀的意思很明显,他要用这个女孩子换掉我原来的秘书。作为我的副手,林于秀的手竟然伸到我这里来,动我身边的人,这原应引起我高度的重视,而我却浑然不觉。其中很大的原因,是这个新来的女孩的长相搞乱了我的现实和记忆,使我沉浸在对往事的缅怀中,并且从中感受到某种柔情蜜意,而对外界的其他人和事都麻木起来。

第一个女孩子在公司待了大约一年时间。直到离开,她也不知道自己是因为什么被招到这个公司来的,又因为什么被辞掉。后来的几个也是这样。如果知道其中原因的话,她们不知会做出什么事来。

谁也不能超越时间

我已经老了,这一切对我来说意味着什么呢?无非是,每天早晨当我拄着手杖,步履蹒跚地步入办公室时,能看到她端坐在外面,向我微笑致意,如此而已。但实际上,我已经深深地陷入其中,不能自拔了。

但是人是会变老的。过一段时间,林于秀就会想办法辞掉那个女孩,辞掉之前,他会给我一个暗示,那就是:这一个已经老了,已经长得不像画中人了。比如林于秀会说,瞧,这个某某某现在已经没有刚到公司时那么漂亮了,她的下颌皮肤有点松弛了。或者说,谁也无法与时间对抗呀,年岁不饶人呀,她的眼角已经有皱纹了。林于秀所强调的,恰恰是那个女孩子和画像中的人相异的地方。所以六年下来,林于秀前前后后为我换了6个秘书。

实际情况是,林于秀是对我心目中的形象进行着偷换:林于秀雇用了那个画家,也可以说,林于秀和那个画家勾结在一起,慢慢地修改那幅画,一点点改变画中人的形象。每过一段时间,趁我外出时,他们就偷偷地潜入我的办公室,用一幅新画换掉原来的画。这是一个潜移默化的过程,和我的几任秘书的更替相契合、相呼应。他用了6年时间,利用了5个无辜女孩子,利用了十几幅画,把我心目中的形象改得面目全非,使我在像不像的问题上完全麻木,从而在我不知不觉中,把它偷换为他的同伙白珍。他的真正目的就是白珍,这就是他处心积虑的原因所在。

之前的5个女孩子,稀里糊涂地被他们利用,做了那个阴谋的牺牲品。而按照顺序,葛蔓蔓应该是她们中的第三个。

具体到葛蔓蔓这个女孩子,她又是怎样被辞掉的呢?现在回想起来,当时的情况是这样的:葛蔓蔓来公司大约半年后,因为公司里有一桩外地业务,她就去了外地,在外地一待就又是大半年。后来仅仅是听林于秀说,葛蔓蔓在外地这段时间容貌改变很大。

林于秀总是以盟友的面目在我面前出现,他精心地维护着我眼前的女孩子的形象,不允许她们对我心目中的形象有丝毫玷污。在她们稍有改变之时,就及时地让她们从我的眼前消失。好在这个世界上相像的人并不少,林于秀总是能找到一个新的女孩,及时地更换掉前一个。

时间长了,好像形成了一个自然规律。那就是:谁也不能超越时间,它在悄悄地改变着一切。一个女孩出现衰老之相,时间大约是一年。因为一到那个时间,林于秀就会在那个女孩子的身上发现一些异样的苗头。对于这些衰老的苗头,实在是我最不能面对的事情,甚至对我来说就是一个灾难。所以当听到林于秀这样说之后,我就开始躲避那个女孩子。我巴不得林于秀早一点儿把她们打发掉,而绝不可能去亲自证实他的说法。所以,在葛蔓蔓离开公司之前,她的容貌到底被时间改变成什么样,我并没有见到。

我睁开眼,发现自己歪在办公室的沙发上睡着了。我用手使劲掐着头部太阳穴,感到那里像要裂开一样。砸碎了那些画像,并不能解除我的痛苦,一连几个晚上,每当想起那些画像上的模样,我都会抑制不住地有一些神经性头痛。疼痛让我难以入睡,只好一个人整宿坐在办公室。我心里很清楚,自己离开这个世界的日子已经不远了。我挪动了一下僵痛的腰,目光扫视四周,天已经大亮了,整幢楼还是静悄悄的。现在的工人越来越懒,这个时间还是没有一个人上班。接着我意识到,今天谁也不会来了,昨天下午,我已经遣散了最后一批工人。

我艰难地站起来,拄着拐杖,慢慢地在楼里走了一圈,不到两个月时间,这里的破败之相已显露无遗,到处是灰尘、纸屑和碎布,走在这个环境里,我的内心也充满了荒凉。

过了一会儿,我慢慢地走出大楼。吸入一些院子里淡淡的晨雾后,头部的疼痛大为缓解,我回头看看刚刚走出的大楼,它无言地矗立在晨雾中,仿佛不为一切所动。也许明天银行的人就会来,把这幢楼收走。我长叹了一口气,自言自语地说:收吧,收吧,银行的人最好早一点来收走它,这对我也是一种解脱。这样想着,我就转过头继续往外走。看门人闻声出来,看到是我,默不作声地去把大门打开。

街上的晨雾也是淡淡地萦绕在路旁的一排法国梧桐之间。一个女孩子站在其中一棵梧桐树下,她穿着一件白色的连衣裙,显得亭亭玉立。看到我后,她轻快地跑过来,脸上挂着甜甜的笑,向我打听一个地址。她离开后很长时间,我还呆呆地站在原地。她的容貌让我惊诧无比,同时也让我深深地感到,这个世界上相似的人实在太多了。我发现,我又不自觉地把这个女孩子的相貌和那个画儿做了一次比较,那个美好的形象,过去是活在自己的心里,现在是活在那些画儿中。想到这一点后,我感到了莫大的悲哀。我心里想,这真是一个躁动的时代。

李欢歌提到的葛蔓蔓这个名字,引发了我的一种羞耻感。我不知道他所说的葛蔓蔓和曾经作为我的秘书的葛蔓蔓,是否为同一个人。如果是同一个人的话,那么我认为,在我离开这个世界之前,还应该再做一件事。

她一点儿也没有变，和四年前一模一样

在那家海滨宾馆一住下,我就迫不及待地走向它所属的浴场。下午的阳光,给海岸涂了一层黄金。那些沙子很细软,进入凉鞋并不觉硌脚,但整体却很坚实,拐杖摁下去,也只留下浅浅的印儿。两个淘气的小孩子,正在那里堆沙子玩儿。我从他们身边经过时,他们停下手中的活儿,跟在我的后面,一个模仿我拄着拐杖走路的姿势,一个用脚踩我在沙滩上留下的拐杖印儿。我假装生气,扬起手,对他俩进行恐吓,他们嬉笑着跑开,回去继续他们的沙雕创作,我的耳边才得以清静下来,有心情欣赏一会儿眼前这个静静的海湾。

一个服务员搬来一把躺椅,放在我的旁边,又在躺椅上方撑了一张大大的太阳伞。在他忙碌的当口儿,我向他们打听葛蔓蔓。那个小伙子回答说,葛蔓蔓今天没有来上班。我听了,不禁感到有些失望。

今天来到浴场的客人很少,几个无所事事的工作人员开始玩球。他们是一帮快活的年轻人,有的穿着沙滩裤,有的穿着游泳裤,都是赤着上身,露出结实的小腿和被阳光晒得黝黑的上身。海湾的风淡淡的,徐徐的,软软的,绒绒的,吹得我有些昏昏然。

“葛蔓蔓,加油呀!”

我闻声扭头一看,果然是葛蔓蔓。不知什么时候,她已经加入到玩球者中间。她穿着泳装,皮肤油亮亮的,就像是玉石一样。她还是那样的年轻,像一只小鹿一样,在玩球者中间轻盈地跳来跳去,显得活力四射。不知为什么,我一看到她,心里就像打翻了五味瓶,很不是滋味。

"葛蔓蔓,快去捡球呀。"

我一低头,只见一只球向我这边滚过来,我下意识地抬脚挡了一下。

我的嘴唇哆嗦一下,我看到她朝我所在的方向看了一眼。我一下子呆住了,她根本没有变,一点儿也没有变,和四年前我看到她的时候一模一样。她在向我走近,赤着双脚,步履轻盈,像是在沙地上飘一样。我感觉自己像在偷窥,慌张地躲开了她的目光,心怦怦地狂跳。她确实没有变,一点儿也不像林于秀说的那样。我忽然明白了,林于秀为什么会找一个理由让她去了外地。他是怕我见到她,因为只要我见到她,他的谎言就不攻自破,他的阴谋就无法实施。

"谢谢!"她拿起球扭身跑开了。她竟然没有认出我来。

我失落地想:她认不出我了,难道这几年,我的变化竟是那样的大?我失神地坐在躺椅上,木然地看着他们远远地嬉戏和打闹。过了一会儿,我艰难地站起来,低头看着自己,苦恼地想,我已经很苍老了,肚皮有一点儿松弛,身子也有一点儿挺不直了。这样想着,我有些蹒跚地走近大海,海水很蓝,也很咸很苦涩,相对于海湾的宁静,大海的深处仿佛是另一个世界,它是那样的富有活力,那样的躁动不安。忽然我全身一振,仿佛受到重创一般。我看到一幅既美丽又恐怖的景象:大海深处,海浪像一个美丽的女人,手握一把带血的尖刀,一次又一次向一片巨石扑过去。那利刃所到之处,蔚蓝的海水变成了黏稠的毒液。我呼吸困难,满头大汗,口中低语着:"药!药!"然后,眼前一黑,软软地栽倒了。

老爷爷我要跟你约会

再一次睁开眼,我发现自己躺在沙堆里,沙子的温暖渗入到我的皮肤中。葛蔓蔓坐在我的旁边,扬起的手指间,沙子像一道瀑布一样漏下,落在我的身上。

“我承认,我有那么一种强烈的恋父情结。”女孩温柔地对着我笑。她在公司做秘书时,也是私下里称我为老爹,看来她并没有忘记我,她说:“其实,我早已经认出了你,老爹。”

她侧身坐在我身旁,在用沙子埋我的同时,也顺便把一些沙子盖在自己的双腿上,那些沙子顺着她小腿的方向渐渐隆起,形成一个小丘,小丘隆起的顶端露出她几个小巧的脚趾头,它们好像独立自主地在那里俏皮地动来动去。这个景象让我忽然忍俊不禁。我知道自己刚才是冠心病犯了,因而发生了幻觉,其实这是一个风和日丽的天气,海湾里风平浪静,天很蓝,云很白,很有层次感。

“别动,老爹。”她拿着几只海星,一一点缀在我身体上面的沙子上。可以想象,有了那些奇形怪状的海星装饰,我会显得有多么可笑。我心里想:不会吧,她要把我这个花甲老人打扮成什么样子?

她对自己的作品好像很满意,轻声地赞叹一声,伸手端起旁边桌子上的一杯果汁，一边用吸管悠闲地吮着，一边继续陶醉地欣赏着我。看着她这样大口地喝饮料，我感到胃里酸酸的，再一次感到自己老了，身体已经接受不了甜腻的东西了。喝着喝着，她忽然扑哧一声笑了，不小心把饮料洒出来几滴。“你现在的样子，让我想起一件事情。”她稚气地吮着指头，过了一会儿，又一次扑哧一声笑出来，“你知道，在公司时，我最想做什么吗？”

我微笑着，摇了摇头。

“做你的秘书，我得到了不低的报酬。可我并不是为了钱。我之所以要这份工作，是因为那样可以方便看到你。”

我有点不相信地瞪大了眼睛。

“那时呀，你是那么严肃，有时候当你站在对面时，我吓得连头也不敢抬。只有当你转过身去，我才敢抬起头，直勾勾地对着你的后背幻想。”她扭脸望着远处的大海，一脸的甜蜜，像是陶醉在对往事的回味中。

“想什么呢？”我迟疑了一下，缓缓地问。

“想你松软的肚皮。”她调皮地冲我伸了一下舌头，接着显出很色的样子。

我暗自苦笑，也真是的，随着年龄的增长，我的腹部早已不再坚实了。

葛蔓蔓还是一脸的柔情蜜意：“我想象你的肚皮就像一块松软的奶油，每当我这样一想，我就馋得直往肚子里咽口水。你一定还记得吧，有一次，我给你端咖啡时，不小心撞到你身上，把咖啡全洒在你的前襟上。嘻嘻，如果你当时稍加注意，就会看到我在使劲舔自己的嘴唇。你根本不知道，我是多么想做那件事。”

我想起来了，那一次，我正准备去见客户，那件事搞得我很狼狈。

葛蔓蔓说：“我是故意的，而且这个动作我已经在心里做过好几次了。你还不知道，那个时候我天天幻想的是什么呢？我经常幻想的呀，就是把最甜的甜品涂在你的肚皮上，然后把它们一点一点舔干净。嘻嘻。”

葛蔓蔓的这番嘻嘻哈哈的话语，让我顿时感到尴尬起来，心里想：这些21世纪的女孩，可真是什么都敢说呀。

她忽然伸手把我肚皮上的沙子拨开，由衷地赞叹道：“我的想象一点儿也没有错，它真的像一块松软的大奶油。”说着她真的洒了几滴饮料在上面，然后嘻嘻笑着，伸出舌头，伏身向我的肚皮舔过来。

我见状大吃一惊，身子不禁扭动了一下，心里想：天哪！这真是21世纪的女孩。天哪！她真的要这样做吗？

她的舌头并没有真的舔上去，恰好这时对面走来几个人，那是她的同事。她停下了动作，抬起头冲那几个人微笑。

她那几个同事经过我们身边时，有人问：“葛蔓蔓，你认识这位老先生吗？”

“当然认识呀，他是我的老爹呀！”葛蔓蔓一本正经地跟对方说。

她的同事离开后，她再一次嘻嘻笑起来，捧着我的脸说：“老爹，你相信吗？我爱上你了。”笑完，葛蔓蔓站起来，同时也伸手把我拉起来。

葛蔓蔓扭身沿着海岸疯跑起来。沿岸细软的沙子上，留下她一串小巧的脚印儿。正是傍晚时分，夕阳垂着头，慢慢地吻到了波光粼粼的海面上。葛蔓蔓慢慢走进海水里，慢慢融进夜色里，夕阳给她的身体勾勒出毛茸茸的一层金边儿。我忽然感觉回到40多年前，在城市的下水道里，凉沁沁的感觉直达头顶。水流仿佛带着我们前行，遇到了长长的台阶，那水就无声无息地向下流去。一个叫薛荔的女孩，走在我的前面，她提起裤角沿阶而下，姿态显得十分优雅。一池清水横亘在我们面前。从上方透下来几道光，一直深入到水底。原本清澈的水，显得那样晶莹剔透，那样层次分明，那样恬淡宁静。在我的眼里，两个景象发生了重叠。

我使劲地揉了揉眼睛，努力驱赶开那些幻象。我的眼前，只剩下

21世纪的女孩葛蔓蔓。她在沙滩上跳来跳去，不时弯下腰去捡沙滩上的贝壳，用一根细绳子把它们串联在一起，装饰在头发上。然后，一边回头招呼着我"快来呀"，继续轻盈地向前跑去。

天已经黑了，前面，一些人在海滩上点起一堆篝火，围着它在那里载歌载舞，葛蔓蔓回身拉起我，加入到那些人中间。那些年轻的男男女女，对忽然加入的两个人表现出极大的热情，围着我们不停地唱歌跳舞，有一个人甚至还给我苍老的头上戴上一个花环。海边的风渐渐大了，但除了我谁也没有注意到这一点。单纯的葛蔓蔓沉浸在快乐中，绕着我不停地扭着身子。在一曲音乐结束前的巨大喧闹声中，葛蔓蔓迎着我，忽然张开双臂，大声说："老爷爷，我要跟你约会。"

葛蔓蔓玉葱一样纤细的手指花样百出地翘着

夜深了,葛蔓蔓陪我回房间。海滨浴场是海滨宾馆的一部分,这里的工作人员也跟葛蔓蔓熟识,遇到一些询问的目光,她还是对同事们称我是老爹。我心里想,老爹是什么意思?它可以有两种解释:一种是女儿对父亲的专门称谓;一种是对年纪大的男人的通称,是伯伯的另一种叫法。不知葛蔓蔓心里想的是哪一种。

一进入房间,她就像一阵风一样在房间里跑来跑去,替我忙着做通风、调温度等一些事情。

我真是有点累了,走到沙发旁,把拐杖放下,慢慢坐下来,对她说:“别忙了,天不早了,你应该也很累了,早点回去休息吧!谢谢你今天陪我这么久,晚安。”

葛蔓蔓听了,走过来,半笑半嗔地说:“别急着跟我道晚安,我一点儿也不困呢!回去怎么能睡得着?”

说完,她又扭身跑去桌子边,找来我的老花眼镜,递给我:“放心,你做你的事情,我不会打扰你的。”我只好随她,戴上眼镜顺手拿起当日的报纸看起来。她坐在我的对面。过一会儿,我的目光越过报纸,看到她歪着头对着我看。又过了一会儿,我看到她还是这样,只是改变了一个歪头的姿势。见我看她，她也不说话，只是对我报以甜甜的一笑。

看着她一副娇憨的神态，我终于忍不住，放下报纸说："要不，我们聊点什么？"

她善解人意地说："不用勉强。你累了一整天了，需要休息。我其实只想看着你。"她又想了想，说："那好吧，听你说，我很像你多年前认识的一个女子，你就对我讲讲她吧！"

我点了点头，但临开口时却忽然张口结舌，我不知道到底应该讲哪一个。是讲小时候见到的那个白衣女人，还是讲薛荔，抑或是讲杜衡？我于是胡乱地讲起来，讲着讲着，我也不知道是在讲谁，一会儿从白衣女人跳到薛荔，一会儿又从薛荔跳到杜衡。与我紊乱的讲述相对应的是，葛蔓蔓的倾听虽然专注，但身体和大多数年轻人一样好动，先是躺在沙发上，继而又坐起，然后索性坐在地上，再过一会儿又轻轻地跳到床上，用毛巾被把自己裹起来，只留着头在外面。注意到最后这个情况后，我终于感到有些好笑，忍不住装作关切地问："是不是对你来说，房间的温度有些低了？"

葛蔓蔓忽然像是意识到什么，捂了下脸做出害羞的表情，轻盈地跳下床，也不说话，就跑出我的房间去。

谁知没过多大一会儿，她又来敲开了我的房间门。面对我询问的目光，红着脸怯怯地解释说，现在时间太晚了，职工用的公共淋浴间已经关门了，她想借用一下我的卫生间。我这才意识到，从下午到现在，葛蔓蔓一直穿着泳装，只是用一块花布在腰间随意一围权作裙子。得到我同意后，葛蔓蔓惊喜万分地把藏在背后的一个包抛向空中。葛蔓蔓进去后，卫生间里的水长时间哗啦啦地响起来。我有些无聊地在室内走来走去，然后，站在一面大镜子前面出起神来。镜子里的老人躬着腰、蜷着腿，看上去是那么苍老。可仿佛就在昨天，他还是一个年轻的小伙子。忽然，我看到自己的前面多了个女子，她年轻又美丽，和我这个垂垂老者形成鲜明对比。不知什么时候,葛蔓蔓已经洗完澡出来了,贴着我的身子站着,头发湿漉漉的,一些水滴在前襟上。她已经换上一件白色的连衣裙,身体散发出的淡淡香气冲入我的鼻腔中。她在对着镜子笑,同时也是对着我笑,随即她又撒娇一样噘着嘴说:"人家这么漂亮,你也不夸赞几句!"

我苍老的脸上挂起一副迟钝的笑容,说:"对不起,你真的太漂亮了。"

葛蔓蔓脸上飞过一片红晕,又是用双手捂了一下脸,做出害羞的样子。然后,她从我身边跑开,风一样飘出了我的房间。

这一次,我感觉她还会回来,果然,不久她又来敲门了,举着一个小小的东西,娇憨地笑着说:"遇到点小麻烦,帮帮我!"我戴上老花眼镜,仔细瞧了瞧,原来是一瓶指甲油。葛蔓蔓说它的瓶盖拧得过紧,现在打不开了。但是我稍一用力,它就开了,让我疑心这是她的一个托词。我帮她搞定后,她坐在我的对面涂开了指甲。我真搞不明白现在的女孩,上床睡觉前涂指甲油做什么。可是想归想,也不得不看着她涂。

葛蔓蔓玉葱一样纤细的手指花样百出地翘着,像是在表演一个优雅的舞蹈。我看着看着,不自觉地就被它们的美丽感染了,忘记了时间的存在。葛蔓蔓精心地涂着,直到十指涂完,又举到眼前欣赏了一遍,才又很不情愿似的起身告辞。

老爹我要和你好好地恋爱一场

过了一会儿，她又来了，不好意思地说："刚才忘了一件事。"说完也不等我回答，就踮着脚又轻快地径直去了沙发旁边，一屁股坐下来，动手把穿在脚上的高跟鞋脱下来，递给我："不好意思，它出现了一些小问题，你帮帮我呀。"她这样娇滴滴地央求人，别人怎么好拒绝呢？我接过来一看，果然它有一些小问题，但估计修理起来应该不难，就坐在那里摆弄起来。那是一只红色的高跟凉鞋，造型上像是由细藤条编织而成，小巧而精制，轻轻的，软软的，带着年轻女子淡淡的体香。我心里一动，这么精巧的鞋子，一定要配一双精致的小脚才相得益彰。这样一想，不由得把目光投向她的小脚。葛蔓蔓的小脚果然很是精致，小巧圆润而又白白嫩嫩，脚趾像五只晶莹的珍珠卧在前面。葛蔓蔓看到我在看她的脚，轻笑一声，自信地把它抬高了一点儿，俏皮地把两个小脚趾动了一下。

穿上鞋后，葛蔓蔓并没有离开的意思。"告诉我，"她笑嘻嘻地说，"你这次帮了我，我应该怎么样回报你？"她上下打量了我一番，忽然眼睛一亮，说："我来帮你修理一下胡子吧！"说着飘到我身边坐下，伸手轻轻地在我凌乱的长胡须上抚弄起来。在干这一切时，葛蔓蔓离我很近,身上香气袭人,她不停地柔柔地说话,可说是吐气如兰,我感觉自己像是融化在这香气中。过一会儿,她抚掌大笑:“老爹,你应该照一照镜子,简直太漂亮了。”我一照镜子,不禁乐了,这个俏皮的小姑娘,在我花白胡子上编出花样翻新的小辫子。我感觉这个女孩有点胡闹了,就故意板起脸说:“好了,太晚了,快回去睡觉吧。”葛蔓蔓听了这话,只好站起来,恋恋不舍地离开。看着她情绪低落,我心里很是不忍,但还是硬起心肠说:“葛蔓蔓,不准过一会儿再来敲门啦,再敲我可要罚你啦。”

葛蔓蔓强颜欢笑说:“放心啦,老爹,我今晚不会再敲你这扇门了。”

她离开后,我关上门在房间里慢慢踱起步来,心里想:这个小女孩怎么就让我这么心动呢?

过了一会儿,我听到窗子的一块玻璃在嗒嗒作响,一看不由得大吃一惊,窗外站着一个人,原来是葛蔓蔓,我忙过去打开窗子,让她从窗口里爬进来。我哭笑不得,忍不住开口责备她:“你怎么这样干?这多危险呀!”

葛蔓蔓娇娇地笑着。“嘘!我是从隔壁爬过来的。”她压低了嗓子说,“小点声,房客们都睡了。”又向我招招手,说:“走,我带你去一个地方。”

葛蔓蔓接过我拄着的藤木拐杖,牵着我的手往外走。我们乘电梯到了顶楼,然后,顺着一个小楼梯爬到楼顶上。

整个城市都在沉睡中,只有风在动,无声无息地拂过我们的身体。不知道葛蔓蔓带我来这里做什么,几次开口都被她制止。她嘴巴凑在我的耳边:“老爹,知道今天是什么日子吗?”她伸手示意我去看天空,“牛郎织女要接吻了,注意了老爹,屏住呼吸瞧!”她凝神屏气,双手握在胸前,很像是憧憬着什么。

我想起来了,今天是七夕节,由一个美丽的传说而来的节日。我不由得把目光投向天空，凝神去寻找那两颗星星。夜幕上群星密密地挨着，像一颗颗熠熠生辉的宝石。那一轮上弦月像一颗嫩黄的植物幼芽儿。我心里想：今夜月亮不圆，应该是唯一的缺憾吧？

忽然，夜空中划过一道亮光，飞流而逝，接着一道又一道，陨星如雨，划破这夜空的沉静。这应该就是传说中的流星雨吧？我不禁有些激动了，心想：对于牛郎织女这一对情侣来说，364个日子都为这一日而存在。今夜，她和他终于又一次在这辉煌的相会仪式中，演绎了一个美丽爱情的永恒。

女孩在那里抽泣，我拍了拍她的肩膀。渐渐平静下来后，她抹着眼泪委屈地说："她们都有人送花儿，还从来没有人送给我花儿呢。"

我暗自有些好笑，说："这有什么呀，乖，明天我送你一大束好了。"

"真的吗？"葛蔓蔓听了立即破涕为笑，拉着我的手，孩子气地央求道，"老爹，和我恋爱吧！"

这个女孩子的娇憨，总是一次次让我怦然心动，但也一次又一次让我哭笑不得，我不知道自己应该是点头还是摇头。

"老爹！"葛蔓蔓撒娇一样摇着我的胳膊，"不许敷衍我！我要和你好好地恋爱一场。"她兴致盎然地说："向我求爱是要用鲜花的。"

我不禁喷笑："还是鲜花呀，放心！"

葛蔓蔓立即又否决了："哪有一开始就送鲜花的？要一步一步来，首先不是这个。"

"首先应该怎么做呢？"我笑着问。

"首先……"葛蔓蔓略作思考，"首先，跟我约会！"

"约会，这也没问题呀。"我想了想说，"那，去海边吧！"

葛蔓蔓摇摇头，显然她觉得那并不是合适的约会场所。"都什么年代了，21世纪我们去酒吧！"

李欢歌的态度让我心里有些不快

下午,是酒吧里客人最少的时候,整个店里只有我一个客人,我坐在那里等葛蔓蔓时,心里想:等一个女孩,也是恋爱的一部分吧!

酒吧里的侍应生是个娃娃脸,他对客人很是殷勤,频频地走过来问我有什么需要。一次为我添完水,他俯下身子,憨厚地笑着说:“爷爷,你是来这里的年龄最大的顾客。”

我一听,把手中的拐杖在地上顿一下,笑哈哈地说:“你一定心里很奇怪吧?那我告诉你原因吧!”

侍应生知趣地摆摆手,轻声说:“先别忙着告诉我,让我先猜猜。”

他做出苦苦思索的样子,逗得我心里直乐。侍应生是个有趣的孩子,我喜欢这样的人,就直接告诉他了:“事情其实很简单,和很多人没什么两样,我是恋爱了。”

侍应生恍然大悟:“原来是这样呀!”立即真诚地说:“那我祝福你。阿姨一会儿就来,是吧?”

我不想跟他解释过多,只是说:“一会儿她来了,你不就见到了?”

一会儿葛蔓蔓蹦蹦跳跳地来了,侍应生见了她,吃惊地瞪大眼睛,差一点儿把手里端的饮料弄洒。

她今天的打扮不是十分刻意。穿着一件紧身牛仔裤，上身是一件雪白的泡泡纱的衬衫，露出结实的腹部和圆圆的肚脐。头上扎着几十个小辫子，走起来一个个上蹿下跳，皮质的双肩背包和挂在上面的饰品也在身后一跳一跳的。整个人看上去，充满了青春的气息。

我们在酒吧里坐了一会儿，喝了点酒，跳了几曲慢舞。然后，就相依着走出酒吧。

阳光下，我感觉葛蔓蔓的皮肤像丝绸一样，和我有着老人斑的枯皮形成鲜明对比。我注意到，大街上有路人在冲我笑，一低头，发现自己的白衬衣上印着十多个花瓣一样的红唇。同时我注意到，有的路人还指着我的脸笑，我猜想：那里也应该印着一两个印迹。这事搞得我很狼狈，心想一定是葛蔓蔓刚才在酒吧干的好事。

偏偏在这时，我们遇到了一个人，那就是我的儿子李欢歌。

看到他，我有些尴尬。这几天，密集的爱情游戏，使我几乎忘记了儿子的存在。

李欢歌对我永远都这样，他叉着腿站在对面，冷着脸说："我想和父亲说两句话。"

"那好吧，"葛蔓蔓伸出手亲昵地拍拍李欢歌的胳膊，又回头朝我摆摆手，"那我先回去了。"葛蔓蔓骑上电动车走了，看着她的背影，我有些恍惚。我提醒自己说，她是葛蔓蔓，顽皮的葛蔓蔓，21 世纪的女孩儿。

葛蔓蔓离开后，李欢歌冷冷地盯着我，半天也不说话。

他的目光让我一下子反感起来。这小子，也太不像话了。他小时候就动不动对我横眉冷眼的，现在长大了，还这么不懂事，对自己的父亲竟然是这种目光，都是金珠惯的。

"刚才，我都看到了。"儿子很愤怒，他说，"我为你感到害羞。"

面对脸涨得像猴子屁股似的李欢歌，我反倒平静了下来，我说："儿子，让我像对一个男人那样跟你谈这个问题吧！这是我第一次跟你这样做。你不用为我感到害臊，我为自己的行为负责。我的一生已经错过了三个女人，这是第四个，我不想再错过了。我快要死了，我必须要为自己活了。”说完这些，我转身缓缓地离开了他。

不管怎么说，李欢歌的态度还是让我心里有些不快。于是，我沿着人行道漫无目的地向前走起来，走着走着，忽然心中一愣，我为什么会说出刚才那样一番话呢？难道仅仅是冲口而出？这真的是很奇怪，刚才说什么来着？——“我的一生已经错过了三个女人，这是第四个。”我为什么会冲口而出这样的话呢？为什么以前是三个女人？而不是四个或两个？她们是指谁？我把自己一生中曾经遇到的女人都从记忆中翻出来，一个一个反复挑拣，最后认为，自己很可能是指那个白衣女人、薛荔还有杜衡。还有，我为什么老是把她们相提并论呢？难道仅仅是因为她们长得相像？现在想一想，还应该加上葛蔓蔓，她们的模样还真是很相像，简直就跟一个人一样。有人说，世界上没有两片相同的叶子，可我遇到的这几个女人，为什么她们会这样相像呢？我心里颇费思索。

我行走在街心公园里，那里人不少，各处的长条椅上都坐满了人，大多是成双成对的，目中无人地相拥而坐。我想，自己可能来到了那种被称为爱情角的地方。一个扎着两根羊角辫儿的小女孩穿梭其间，手里抱着一大束玫瑰花，态度顽强地四处兜售。这里的人们都沉浸在两人世界里，大多无暇顾及其他，对小女孩的打扰表现出很不耐烦的样子。我心里一动，招手让小女孩过来，对她说：“喂，卖给我一枝玫瑰花。”

小女孩瘦瘦小小的，但眼睛很大很亮，仿佛能洞人心底。她看了我一会儿，忽然说：“不卖给老爷爷。”

我感到很奇怪：“为什么呀？为什么不卖给老爷爷？”

小女孩伶俐地说：“我知道，你是看我可怜，也可能是跟我开玩笑。”

我说："不是开玩笑，我是要买你的花。"

小女孩向我摆摆手，像是在否定我的想法，然后又向我招招手，示意我弯下腰去，小女孩把嘴巴凑过来，神秘地小声说："这玫瑰花是骗人的，我只告诉你一个人。"

我吃了一惊："难道这花是假的？"

"假倒不假。"小女孩小声说，"你想呀，一枝玫瑰就要 10 块钱，这还不是骗人？都是骗那些谈恋爱的年轻人。那些人都是些傻瓜。"

我不禁乐了："你怎么说那些人是傻瓜？难道你长大了不恋爱？"

女孩像个小大人一样，胸有成竹地说："我长大了，如果恋爱，绝不要人家送花。"

"哦？"我饶有兴致地问，"那送什么呢？"

女孩羞涩地说："送糖葫芦。"

我笑着摊手耸肩说："可是没有办法，我爱着的小女人，她喜欢花，所以只好这样啦。"

"哦，原来是这样，我第一次见老爷爷送花给老奶奶。那好，我不能卖花给老爷爷。"小女孩想了想，拣出一枝最大的花，用洒水壶喷了点水在上面，然后递给我，"我送一枝玫瑰花给老爷爷好了。"

我拿着那一枝花去找葛蔓蔓，兴冲冲地去了她居住的房间。推开门，里面静悄悄的，她并不在房间里。门没有关，想来她没有走远，我找地方坐下，等她回来。可是等了大约一个小时，也不见她的踪影。

我感觉到椅子上有一个东西，伸手摸出来，凑到眼前看，不由大吃一惊："美人泪！"

我脑子轰地一下：真是它，一个玉石的饰品！在我很小的时候，我曾经看到过它，它曾经为一个女人所有。

一切在脑海中都变得十分真实。它拿在女人手里，红色丝线搭在女人白藕一样的小臂上。它呈蓝白两色，白处如凝脂，蓝处似晴空。形状独特，说它是牌，比牌小些，说它是个玉坠，又有些偏大。它的芯处有一个黑斑,女子说:“这玉,名叫‘凝噎’,又叫‘美人泪’。”女子慢慢吟出:“执手相看泪眼,竟无语凝噎。”女子的声音有些哽咽。

就是它,它有一个名字叫“美人泪”。可我为什么会在这里看到它?

我抓着“美人泪”的手不由得颤抖起来,一失手它掉在椅子上。忽然,一股强烈的羞耻感涌上了我的心头,我努力让自己快速站起来,我只有一个念头:立即离开这个房间。在葛蔓蔓回来之前,我必须离开这里。

一直走到一个黑暗的角落,我才停了下来。不知道为什么,我已经这么大年纪了,还会动不动就想哭,而且是特别想哭。于是,我呜呜咽咽地哭起来。

忽然发现原来这一生过错了

有一天,我偶然进了一家书店。从货架上拿一本书随意翻看时,目录上"《那一世》,仓央嘉措著"的字样突然撞入我的眼帘,我想起表哥和金珠在临终前都曾提到过它。就在这时,一个匆匆而过的人碰掉了我手中的书,接着对方惊喜地拉着我的胳膊,说他正在找我,说着不由分说地拉着我,去他居住的地方看他辛苦收集到的材料。他是一个流浪的文人,一年前,曾找上门来,要为我写回忆录。那是我所在城市的富人们醉心做的事情,成了流浪文人们的一项不错的业务。但我却对之没有多少兴趣,很不客气地回绝了他。一年以后的今天,我发现这是一个锲而不舍的文人,他号称已经找到了一些我感兴趣的材料。果然,他带来的材料让我大吃一惊。

19 世纪 20 年代初的某大都市,几辆闪着亮光的小轿车正在行驰着,忽然,一声清脆的枪响撕碎了这歌舞升平的景象,轿车旁冲过无数的人,围住了倒在血泊中的老头子。

老头子无比眷恋地抛下了一大笔产业、三四房姨太太、二百多个兄弟和一个唯一的继承人。在老头子手下四大金刚的簇拥下,作为儿子的陈甲听到了父亲临终前吐出来的两个字:报仇!

陈甲眼看着自己的继位典礼变成了一场誓师大会，这也许并不是他的本意，但在四大金刚八只血红眼睛的注视下，他咬牙切齿地喊出了：一定要为父亲报仇！

一个月后，小桃红在一张和赌台一样宽大的桌子后面找到了陈甲，她对着他亮出了自己只有 19 岁的大腿，陈甲十分粗暴地叫人把这位轻佻地表示不愿做老头子殉葬品的前姨太太轰了出去。

小桃红哭着去投奔四大金刚之一的金龙，金龙收留了她。这件事引起了四大金刚中的另外两人银龙和铜龙的反感，在三天后的一次聚会上，银龙在酒后思维清晰的间隙里指责了这种行为，但过了一会儿他又表示收回原来的话。那一天，他们喝了很多酒，首先金龙为铜龙强吻了小桃红的事情暴跳如雷，接着银龙也趁乱对小桃红施以轻薄，场面变得不可收拾。忽然，银龙看见了一块掉落在地上的黑布，上面的标志让他想起了那个黑衣蒙面的刺客，而金龙此时惊得瞪大了醉红的眼睛，没等他说出一句话，两颗子弹已经射进了他的胸膛……

等陈甲带人来到现场时，那场屠杀已经结束了，但聪明的陈甲还看出了是有人嫁娲于金龙。他认为即使金龙与那件事有关，他也不会笨到时刻将刺客的头巾带在身上。铁龙在一旁表示了同感，他暗示有人一直对金龙心怀敌意。

银龙和铜龙掏出枪指向铁龙，准备用惯常的办法清洗他对他们的污辱，但众人纷纷反对他俩再次杀人。在七八支枪顶着脑袋的情况下，银龙和铜龙同意众人对他们的寓所进行搜查。就在将要到达目的地的时候，银龙一拳打倒了他附近的一个人，把小桃红拉过来用以保护自己，铜龙伸手夺下了一支盒子枪。铁龙死于接下来的那场对射中，而银龙在劫持了美丽女子小桃红之后逃之夭夭。

疯狂搜索叛徒的行动像狂风一样在全城刮过一遍又一遍。几天后的一个深夜，一支黑洞洞的枪管唤醒了正在睡梦中的陈甲，银龙告诉陈甲，自己并不是杀死老头子的人。他解释之所以那样干，是因为自己在感到了将要被陷害的时候并不想束手待毙。

陈甲说我可以放过你,但条件是你必须干掉杀害我父亲的凶手。

银龙回到藏身的地方,把铜龙从被窝里拉出来,说:“铜龙,告诉你一个不好的消息,他们从你家中找到了那身刺客的衣服。我知道你是冤枉的,但如果我不杀掉你,我们两个就都会永不安生。”说着,他把子弹射进了铜龙的胸膛。

这时银龙听到小桃红用带着冷笑的声音问他是怎样知道铜龙是冤枉的。他正要回答,陈甲带着人破门而入。陈甲说:“他当然知道铜龙是冤枉的,因为黑衣是从他家抄出来的。”这一次,随行的人没有给他反抗的机会。

处理完这件事后,陈甲的心情变得有些沉重,他由小桃红陪着去拜访了一个曾经被自己父亲一伙打成残疾的老人。然后,他孤独地走回了自己的家。

第二天他召集来所有的兄弟,掏出枪来对他们说:“两个月前,我们之中的一个人杀死了我的父亲。后来,这个人又使四大金刚死于非命,还使一个曾经喧嚣一时的帮会到了土崩瓦解的地步。我要告诉你们,四大金刚全都是遭人陷害的,那个用尽各种手段,害了一个又一个人的元凶目前还在我们中间。不过现在是时候了,在我父亲临终前,我曾答应他替他报仇。”

于是陈甲作为父亲唯一的继承人,实施了这个复仇的行为,他对着自己的太阳穴扣动了手枪的扳机。

……

看过流浪文人带来的材料,我傻了。原来,我是陈甲的儿子。那个故事中的老头子,是我“外公”的哥哥,他们两个在不同的城市,干的却是同样的勾当。

当“外公”得知一切,带着一帮手下到达哥哥曾在的那个城市时,惨剧已经结束了,等待他的只有一个疑团重重的残局。

"外公"通过调查,还是拨开了笼罩于小桃红与陈甲之间的那层迷雾。在小桃红的身后还有一个相依为命的妹妹,名字叫王玉莲。她不但是陈甲真正的情人,而且已经怀了陈甲的孩子。于是,"外公"采取了行动,在王玉莲生下我后,将我抢到手。

原来,我所谓的与生俱来的邪恶,是在"外公"的策划下他们合伙编造的。我并不是他的女儿所生,并没有他们的邪恶血统。我是一个善良人的孩子,假如我的父亲陈甲不自杀,他一定会用他生命最后的时刻迸发出来的善良来尽力抚养我,我一定会成为一个善良的人,过出善良的一生。只可惜陶醉于善良之中的陈甲并没有为我着想,急着要为自己的生命去画那个完美的句号。他没有想到,把我一个人留在这个世界上,我就要替他承受那些邪恶的反扑。记得我小时候,"外公"一见我,就说我的眼睛里带着邪恶。原来这是一个天大的陷阱,他在用他邪恶的方式来报复我的父亲陈甲。他们迫使我相信我是一个邪恶家族的后代,他们为我精心准备了一切邪恶,好让我从睁开眼睛看世界的第一刻就看到它。他们就是要用邪恶来污染我的眼球,好让我用邪恶看这个世界。他们的阴谋成功了。

我现在才明白,一个人身上哪里会有与生俱来的邪恶?所有的邪恶都是他们强加于我们身上的。

同时我也知道,所谓的血统也是一个托词,因为我的父亲陈甲就是一个反面的例子,他同样有着这样的血统,但他却用自己的生命洗清了其中的邪恶。我现在才知道,我的一生过错了。而且,我也知道,导致我过错自己一生的罪人,不是别人,而是我自己。

当一个人站在自己生命的尽头时,忽然发现原来这一生过错了,过成了别人的生活,他会是一种什么样的心情呢?面对这不能复转的一生,他叫天天不应、欲哭无泪,只能在深深的悔恨中走向死亡。

我是辛夷、薜荔、杜衡，同时我还是葛蔓蔓

我住进医院快一个月了，医生、护士对我悉心照顾，但我知道自己已经不久于人世了。

和我一起送进医院的邻床病友，先我而去了。收拾他东西的家属离开之后，我无意中看到床上留有一本书，风把那书掀开了，掀开的一页正是屈原的《山鬼》，我心里一动，忽然特别想看一看它究竟写的什么内容，我努力地向它伸出手去，然而刚伸出一半就无力地垂下了。

儿子来了，到医院来看我。我惊奇地看到葛蔓蔓也和他在一起，看到我病重的样子，她的眼泪立即涌了出来。

在别人看来，我的情况时好时坏。我的意识还是有的，只是说不出话来。李欢歌和葛蔓蔓就站在我床边，等我醒来。这期间，葛蔓蔓情绪有些激动，几次抓住李欢歌的胳膊使劲摇晃，像是对他很亲昵的样子。但我知道，这只是表面现象。从她那副揪心的神情，我知道：她是我的。我说不出话来，但我看得清清楚楚。

李欢歌接了一个电话，没等到我苏醒就急急地离开了。他走了之后，我忽然又能说话了，我对葛蔓蔓说的第一句话是："你不应该这样的。"

“老爹，你醒啦！”听到我说话，葛蔓蔓挂着泪花的眼睛立即放出光来，“不应该怎样？”

我感觉有些唐突，问道：“我的儿子，在追求你吗？”

“可以这样说吧。但他可能是误会了。”葛蔓蔓眼睛笑吟吟地说，“他很可爱，我有的时候只是想抱一抱他。”

我躲开她有些火辣的眼神，说：“你不应该跟他那么亲昵，他是个老脑筋，容易误会。”

“这有什么呀？”她调皮地、无所谓地说，“我在抱自己的儿子，有什么不可以？”

这时，我心里猛然一抖，我看到了葛蔓蔓脖子上挂着的一个饰物。那是“美人泪”。我忽然想起来，80多年前，在小瘪三家对面的房顶上，那个“美人泪”已经被我摔碎了。上一次，在葛蔓蔓的房间里，我的记忆出错了。可是随之而来的另一个疑问是，它为什么又出现在葛蔓蔓的房间里？现在为什么又会出现在葛蔓蔓的脖子上？我忽然感到天旋地转，眼前的一切都四散分离。我声嘶力竭地喊道：“薛荔，薛荔，我，我快要去了……”

薛荔上前一把抱住我：“不要怕，有我陪着你！”

当我重新又有了一些意识时，看到葛蔓蔓还站在我的对面。我想起，在意识恍惚之时，我叫错了名字。我叫她薛荔，没有想到她却答应了。正在尴尬之时，却忽然碰上了一双泪盈盈的眼睛，我的心再次猛然一缩，忽然明白了：没有错，没有错，我没有叫错！

我激动地向她伸出双手，说：“你就是薛荔！你真是薛荔？”

她的眼泪立即涌了出来，急切地点点头，颤抖着伸出双手，来迎接我的双手。

然而，我的双手却又缩回了些，迟疑地问：“你总不会也是杜衡吧？”

她又使劲点点头，眼泪在哗哗地流。

“没错,那就是我。”

我惊呆了,瞪着眼说:“你到底是谁?”

她的手缩了回去,捂着双眼说:“我是辛夷、薜荔、杜衡,同时我还是葛蔓蔓。”

一时间,我感觉如鲠在喉,既想哭,又想笑。前面在呜咽地哭,后面却哈哈大笑起来。医生和护士被我惊动了,他们急匆匆地赶过来。

我忽然脑子清楚起来:“医生和护士,你们来得太好了,我要向你们介绍一下旁边这个美丽的女子。”

医生和护士对她点点头,客气地说:“您好!”

我又开始既哭又笑着说:“你们永远不知道这个情节。我对你们说件事,在我这一生里,这个女子经常出现在我的身旁,她一直都是这个样子,永远这么年轻,永远不会老。呵呵。”接着,我忽然打了一个冷战,瞪着眼看医生和护士,“我说的都是真的。我发誓!”

医生和护士对我们哈哈一笑,安慰了我两句,就离开了。

我一愣,万分无奈地对她说:“瞧!我说的没有错,可他们都不相信我的话。”

她唏嘘着说爱你一百年我也不老

在我生命的最后一段时间里，我想的最多的一件事是，我一生遇到的四个年轻的女孩：辛夷、薛荔、杜衡还有葛蔓蔓，她们原来就是一个人！

她静静地看着我，眼睛很大，瞳仁乌黑发亮，如缀在夜幕上的星星。她穿着一件白色的裙子，蓬松得如同鸟的羽毛，袖口里露半截白藕一样的胳膊。她伸出手，用一个指头，在我的左眼皮上轻轻画了一个圈，又在我的右眼皮上轻轻画了一个圈，柔声说："是上天把你带给了我。"

她穿着一件白色的裙子，抬起头，缓缓地转向我。接着，她的眼睛里闪过一道光亮。她冲我点点头，柔柔地向我开口说道："小男人，来呀！"

她十分吃惊，连连后退："我没有骗过你什么呀？我的名字叫辛夷。"

"我并没有说过是你的母亲呀。"辛夷的眼睛睁得大大的，眼泪汪汪的。我的脑子里立刻闪过另一副面孔，纵横交错的细细的皱纹，鼻梁上架着副眼镜，头发很短，脸色蜡黄，双唇紧闭，略略下垂的嘴角带着冷酷。而眼前的这个女人大约 20 岁，肌肤白皙，柔若无骨，仿佛没有经历过一丝岁月的摧残。

她的眼睛带着某种笑意，又带着某种忧伤："我的名字叫薛荔。"

她的头发湿漉漉的，上面的水滴到肩膀上；裙子也湿漉漉的，上面的水滴到鞋面上；鞋子也湿漉漉的，上面的水流到地板上。她嘴唇苍白，身子瑟瑟发抖，双手提着一个旅行包，眼睛看着我说："我知道你是罪犯，但我已经决定了，我要和你一起亡命天涯。"

她让我有十分的惊艳之感。一件纯玫瑰红的暗纹旗袍穿在她身上，有一种妩媚妖娆在夜色里悄然绽放，传达出一种自然纯洁的女人味；一件滚边的元宝立领、蝴蝶状盘扣的浅蓝格子旗袍，则显现出她高贵古典、温婉忧郁的气质；短袖口镶白色图案花边的绉纱黑旗袍，使她显出内敛的宁静，深邃的婉约；而苹果绿水钻盘花短旗袍，又让她为这个夜晚带来了薄荷般的清凉，田田的荷风。

她一脸的柔情蜜意："我想象你的肚皮就像一块松软的奶油，每当我这样一想，我就馋得直往肚子里咽口水。你一定还记得吧，有一次，我给你端咖啡时，不小心撞到你身上，把咖啡全洒在你的前襟上。嘻嘻，如果你当时稍加注意，就会看到我在使劲舔自己的嘴唇。你根本不知道，我是多么想做那件事。"

我知道，我要离开这个世界了。

我的眼睛里流出了浑浊的眼泪。

在最后的时间，我颤抖着，颤抖着，缓缓伸出手，向她伸过去，很快，她明白了我的意图，把她的手也向我伸过来。于是，我们的十个指头纠缠在一起，像在做爱，指头间的做爱。我的手背上关节粗大，皮肤塌陷，满是大大小小的老年斑。而她的手指还是原来那样光滑、细腻、白嫩、纤细、柔软。

我艰难地说："你、永、远、也、不、老……"

她唏嘘着说："爱你一百年，我也不老。"

衰老的我躺在病床上，奄奄一息，同时，我在想："一个永远不会老的女人，会怎么样呢？"

带着这个问题，我缓缓地合上了眼睛，我死了。

忽然，我感到很闷，什么东西箍着我，那是一个又丑又老的躯壳。我猛地一挣就站了起来，那个又丑又老的躯壳像蝉蜕一样躺在地上，我朝它踢了一脚，迈腿跨过了它。我跑起来，轻盈地跑起来。

跑到一个湖边，我猛地站住了，我看到了自己在湖中的倒影。我身着僧袍，肩披哈达，玉树临风。接着，我看到了她，她没有变，还是那样百年不变的美丽身影。

她身着白衣，唱道：

乘赤豹兮从文狸，辛夷车兮结桂旗；
若有人兮山之阿，被薜荔兮带女萝；
被石兰兮带杜衡，折芳馨兮遗所思；
采三秀兮于山间，石磊磊兮葛蔓蔓。
……

我迎着她跑去，她迎着我跑来。我们踩着碧波，在湖的中央相会了。

"一百年前，你就是在这里离开，我等了你一百年。我等了你一辈子，你的一辈子。"

这时，我终于恍然大悟，一切、一切我都明白了。

结局，弥留时的梦

我知道，这是我弥留时的梦。

其实，同时我心里很清楚，我什么都没有明白。盘旋在我脑海的最大疑问是：这一切，是为着什么？我极力地打消自己的疑问。“理由真的那么重要吗？”我告诉自己，“不，这一切并不需要理由。”

我轻柔地，捧起她如月亮一般皎洁的脸庞，深情地望着那两湾湖水。“我想知道——”它们确实恰如我们脚下湖水般清澈无比。在那里，我甚至可以清楚地看到笼罩在自己脸上的疑云，“告诉我，为什么？阴阳两界，你守我一百年？”

她全身一震，眼泪夺眶而出，似乎我说出了一件恐怖的事情。过了一会儿，她凄惨地一笑。“那是一百年前的约定。”她脸上的阴云浓得化不开。我分明看到了恐惧。这一切也许与我无意中提到的一件十分可怕的事有关，它们也许是那样不许触碰，那样不堪回首，那样不忍卒述。我分明感到她的身子在一点一点往下沉。我忽然好生后悔，后悔自己不该提到那样一个蠢问题。

我发觉她是那样的憔悴，面色如洁白如雪的绸子。“因为，你守了我一百年。”她哽咽着，似乎在谈论一件让她伤心欲绝的事情。

她身子软软的，似乎正经历着一场大病。我紧紧地抱着她，真怕自己稍一松手，就会令她从怀中滑落。“你搞错了，是你守了我一百年。”我贴上她的脸，分明感到了来自她身体的一丝丝凉气。

“没有错，确实是因为你守了我一百年。”她气若游丝，可还是强打精神重复了一遍原先的话。

“你不要说了。”尽管我心里懵懵懂懂，却还是毅然地堵住她的嘴。“我们在一起，不需要理由。”我冲动地说，“无论怎么样，从此我们在一起，永远不分开。”

“永、远、不、分、开……”她一字一顿地重复着我的话，却一点儿也没有高兴的样子，“这、是、我、一、百、年、来、的、梦。但是分离，可怕的分离，又一次无可逃避地降临到了我们的头上。”两行清泪在她的面颊上流下，她绝望地摇摇头，“这，就是那个可怕的现实。”

“我要离去了，你看到了吗？”顺着她的指示，我看到了恐怖的一幕，她的身子一点点沉入水中，双腿像柔软的水草，在随湖波摇摆，湖水一点点吞噬着她，她的双脚已经完全融化在碧波中。

我恐惧地大叫起来，踩着湖水一路狂奔，心中只有一个念头：“我要带她脱离这危险的境地。”我看到，原本平静的湖面忽然生出浪尖，挥舞着锐牙利爪，一下一下扑向她。

一袭狂浪如鞭子一样抽过来。在它的上方，我抱着她一跃而起，重重地扑倒在岸上。许久，我喘着粗气，说：“我们，我们安全了。”

“安全了。”我的身下传来微弱的笑。我猛一转脸，触目一片惨然。她的笑是装出来的。她的下半身已经留在万顷湖水中。她蜷着身子，瑟瑟发抖的样子让我心疼不已。我再次冲动地捧起她：“你不会有事，放心！我永远和你在一起！”

“不知道，要分离几生几世。”她的身体忽然僵住了，“我们才会永……远……”我使劲托着她的身子，尽力阻止着她一点点化为虚无。她在一点一点变薄，一点一点变得如玻璃般透明。最后，砰然一声，她分崩离析了。一块块碎冰，落在了地上。

一瞬间，她的声音飘浮在半空中："答应我，你要守我一辈子！"

我循着那声音，趺趺撞撞地追去。她的声音在山间萦绕了几匝，随即消逝在苍松枝丫间。

我伤心欲绝地跪在地上，双手却高高举起，指着那苍茫的天穹，嘴里发出愤怒的尖啸。我认定那重重阴云的后面，隐藏着一种什么力量，正是它把她从我身边残忍地带离。

悠悠地，她的哭声顺着溪水漂来。我腾地站了起来。

寻着那哭声，我从一户人家的烟囱里钻进去。

那是一户东北人家，大炕上，挺着大肚的母亲痛苦地翻滚着。

隔着那一个母腹，我听到嘤嘤的哭声。

我走过去，撩开母亲的棉袍，拍打着胀鼓鼓的肚皮，张嘴想说出什么。

忽然，我张大嘴，呆住了：我对这个场景是多么的熟悉。

我的耳边隐隐响起她的话："因为你守了我一百年。"

的确，我似乎看到了那个场景，就在二百年前。

猛然，我清楚地看到了负在我们身上的可怕的命数。那命数就是：守望是我们之间的永恒。

我哭了出来！我知道，横亘在我们前面的，又是一个一百年，

阴阳两界的一百年。

我呆呆地跟随着那个母亲，直到她被推向产房，才如梦方醒地追上去，拍着她胀鼓鼓的肚子，我知道，这是最后的机会，我一定要抓住这最后一点时间，告诉她我最想讲的话。

我要告诉她最后一句话，这可能是她能够听到我说话的最后一点儿时间，一定要抓住这一点儿时间。我大声说："我告诉你，我会等你。如果这真是我们命中注定的事情的话，我会守你一百年。"这时，耳边飘来悠悠的歌声：

那一天，
闭目在经殿香雾中，
蓦然听见，
你诵经中的真言；

那一月，
我摇动所有的经筒，
不为超度，
只为触摸你的指尖；

那一年，
磕长头匍匐在山路，
不为觐见，
只为贴着你的温暖；

那一世，
转山转水转佛塔啊，
不为修来生，
只为途中与你相见。

这不正是仓央嘉措的《那一世》吗？